강화학개론

빈형 게임 판타지 장편소설

WISHBOOKS FANTASY STORY

강화학개론 8

빈형 게임 판타지 장편소설

초판 1쇄 찍은 날 | 2018년 1월 24일
초판 1쇄 펴낸 날 | 2018년 1월 31일

지은이 | 빈형
펴낸이 | 예경원

기획 | 위시북스
편집책임 | 이규재
편집 | 이즈플러스

펴낸곳 | 예원북스
등록번호 | 제396-2012-000132호
등록일자 | 2012. 7. 25
KFN | 제1-199호

주소 | 경기도 고양시 일산동구 호수로 646-24 위너스21 II 빌딩 206A호 (우)10401
전화 | 031-819-9431 팩스 | 031-817-9432
E-mail | yewonbooks@naver.com

ISBN 979-11-6098-692-1 04810
979-11-6098-321-0 (set)

※ 이 도서의 국립중앙도서관 출판시도서목록(CIP)은 서지정보유통지원시스템 홈페이지(http://seoji.nl.go.kr)와 국가자료공동목록시스템(http://www.nl.go.kr/kolisnet)에서 이용하실 수 있습니다.

강화학개론
빈형 게임 판타지 장편소설
WISHBOOKS FANTASY STORY
8

강화학개론

CONTENTS

Episode 34.

네가 엄마야

1

그냥 종이였다.

악마의 계약서도 아니고 어떤 마법적인 효과가 담긴 계약서도 아니고.

"……."

카르디안이 의심스러운 눈초리로 한시민을 노려보았다.

뭐 하자는 거지?

저런 인간이 아무 생각 없이 그녀를 믿고 달랑 계약서를 하나 내밀었을 리 없다. 그렇게 멍청한 인간이라면 망설임 없이 계약서에 서명할 의사가 있다. 지키지 않으면 그만이니까.

원래 계약이란 건 서로가 서로를 믿고, 혹은 상대방이 계약을 어기지 않았을 시 제재할 힘이 있을 때나 유효한 것이지 이렇게 아무런 제약이 없는 종이에 서명하는 건 100번이고 1,000번이고 할 수 있다.

"한번 읽어봐."

물론 그렇게 단정 짓고 서명하기엔 한시민의 표정이 너무나도 여유로웠다. 마치 그러고 도망쳐도 난 손해가 아니라는 느낌이랄까.

사실이기도 하다. 실제로 그의 손엔 드래곤 하트가 들려 있고 현재 카르디안은 그걸 빼앗을 힘이 없는 상태니까. 빼앗기는커녕 당장 그에게 죽지나 않으면 다행이다.

아마 그걸 노렸으리라.

인상을 찌푸리며 계약서를 훑었다.

"을은 갑에게 복종한다?"

"을은 당연히 너야."

"……계약 기간이 만료될 시 혹은 조건을 충족할 시 갑은 을에게 계약 물품을 인수한다."

"당연한 거지. 네가 먹고 튀면 난 할 말이 없으니까."

"계약 기간은 20년. 계약 조건 충족은 현시점 드래곤 하트의 가치를 현금으로 환산해 지불했을 시로 정한다."

"드래곤한테 20년이야 길지 않은 세월이지? 심장이 상할 리도 없고. 그리고 드래곤 하트는 갖고 있는 본질적인 가치와 네가 가져갔을 때, 그리고 섭취한 뒤 죽을 때까지 시너지 효과로 얻을 수 있는 모든 부수적인 가치를 상장해 2천만 골드로 저렴하게 선정했어."

"……."

몇 장이 더 있었지만 내던졌다. 친절하게 조항마다 설명을 덧붙이는 게 듣기 거북했다.

아니, 거북이라기보다 정말 을이 된 기분이랄까.

수백 년 전 마족들이 대륙을 침공할 때 인간들에게 걸었던 마족들의 계약보다 더 혹독하고 잔인하고 피도 눈물도 없다.

"혹시 마족이냐."

"내가? 그랬으면 좋겠다. 그럼 돈 더 많이 벌 텐데. 나중에 기회 되면 연결 좀 시켜줘."

"……."

마족보다 더한 인간이 여기 있구나.

잠시 고민하다 카르디안이 손가락에 상처를 냈다. 가늘고 긴 손가락 끝에서 용혈이 떨어져 내린다.

계약서 마지막 장을 펴고 피를 떨어뜨린 카르디안. 그걸 보며 기겁한 한시민이 어느새 꺼낸 빈 유리병을 가져다 댔다.

"아깝게 피를 왜 버려."

"……."

한 방울만 마셔도 인간에겐, 특히 마법사에겐 더 없는 도움이 될 재료가 아닌가. 어디 구하고 싶어도 못 구하는 게 바닥에 떨어져 사라질 뻔했다.

한시민의 억척같음에 카르디안이 고개를 저었다. 그리고 이내 포기한 채 지혈될 때까지 손가락을 대고 있어줬다.

그깟 피 몇 방울. 이런 인간에게 주긴 아깝지만 어쩌겠나. 드래곤 하트를 담보로 잡혔는데.

"차라리 내 배를 째고 피를 가져가지?"

"에이, 난 그렇게 단기적인 이익을 보고 움직이는 사람이 아냐."

지혈하는 척하며 피가 계속 나오게 혈액순환을 돕는 한시민!

카르디안은 앞날이 심히 걱정됐다. 그리고 다짐했다.

마나를 모으면 가장 먼저 이 인간부터 없애겠다고.

피로 한 맹약?

그저 한시민이 믿게 만들기 위한 수작일 뿐이다. 마나의 맹약이 아닌 이상 세상 그 어떤 계약서도 드래곤을 옭아맬 순 없으니까. 그게 설령 악마의 계약서라 할지언정.

"아!"

그렇게 속으로 칼을 갈 때, 카르디안을 흐뭇한 눈빛으로 쳐다보며 계약서를 갈무리하던 한시민이 이제야 생각났다는 듯 손을 내밀었다.

"……?"

뭐 하자는 수작이지?

이제는 뭐만 해도 의심스러운 카르디안을 두고 한시민이 말을 꺼냈다.

"맹약해."

자연스럽게, 그리고 천연덕스럽게.

"……?"

"너희 드래곤들이 하는 그런 거 있잖아. 뭐 어기면 마나가 소멸된다느니 드래곤 하트가 기능을 잃는다느니."

"……그걸 어떻게!"

"마, 내가 너 같은 놈들 한두 번 상대하는 줄 알아? 어디 먹고 내뺄 생각부터 하고 있어."

한번 찔러본 것이지만 카르디안은 움찔할 수밖에 없었다.

그걸 어떻게 알았지!

자신의 비밀 카드라 생각했던 게 상대방이 대수롭지 않은 듯 꺼내 들면 발가벗겨진 기분이 든다.

혼란스러워하는 카르디안은 말려들었다.

"할 거야, 말 거야? 하트 확 내가 먹어버려? 아니지. 나 말고도 드래곤 하트 좋아할 사람이야 많지. 비록 값은 너한테 받느니만 못하겠지만 한 푼도 못 받고 뒤통수 칠 생각할 놈, 아니, 년한테 죽느니 그냥 싸게 팔아버리는 것도 하나의……."

"하겠다!"

그 순간 카르디안의 운명은 정해졌다. 다급하게 외친 카르디안이 마나를 끌어올렸다. 아주 실올만큼 남은 마나지만.

상관없었다. 원래 마나의 맹약은 소지 중인 모든 마나를 불태우며 맺는다. 해서 계약을 맺은 직후엔 드래곤은 무방비 상태가 된다. 단단한 비늘이 보호해 주고 있겠지만 어쨌든 드래곤의 전부라 볼 수 있는 마나를 불태워 맺는 맹약. 모든 걸 내어주겠다는 의지.

팟—

빛이 번쩍였다.

[블랙 드래곤의 맹약을 획득했습니다.]

[맹약 조건을 확인합니다.]

[맹약을 맺으시겠습니까?]

사기라느니 눈속임이니 하는 의심은 하지 않았다. 친절하게 홀로그램이 이건 진짜라 말해주었으니.

게임의 장점!

확인을 누르는 순간 칠흑빛이 한시민의 몸에 스며들었고. 빛이 사그라진 한시민의 시야엔 울먹이는 카르디안이 들어왔다.

"걱정 마. 오빠 믿지?"

"……."

전혀 믿음직스럽지 않은 암흑의 손이 카르디안을 둘러쌌다.

원래 다들 그렇다. 사기에 당할 땐 자기가 어쩌다 이런 사기에 당하는지 이해하지 못하고 당하고 나서도 얼떨떨해한다.

드래곤이라고 다를까. 뭐 하나 잡힌 약점에 정신이 팔려 있는 사이 간이고 쓸개고 영혼이고 다 담보 잡혀 버렸다.

"이리 온."

"……."

"손!"

"……."

"앞으로 주인님이라 부르도록. 내가 보니까 넌 아직 드래곤 하트를 받을 준비가 안 되어 있는 거 같아. 비록 임시 계약이고 나를 조금만 도와주면 만료가 될 테지만, 그사이에 비협조적으로 나오면 내가 이 하트를 어떻게 할지 나도 잘 모르겠으니까 서로를 위해. 알았지?"

"……네, 주인님."

순종하는 건 어렵지 않다. 하루 종일 속으로 되뇌었으니까.

'이건 유희다, 유희다.'

때마침 인간의 모습인 데다가 마나도 없다. 보통 이런 식의 유희보단 인간의 영웅이 되어 대륙을 호령하는 쪽을 선호하지만 상황이 여의치 않으니 어쩌겠나. 이번 유희의 컨셉은 인간의 노예가 되는 것으로 정했다고 생각하며 마음 편하게 먹기로 했다.

"우선 방송부터 할까? 아! 그리고 황궁에 돌아가면 아들부터 소개해 줄게."

"아들……?"

"응, 네 아들."

"……?"

"오늘부터 네가 엄마 해주기로 했거든."

물론 쉬워 보이진 않았다.

결코.

2

카르디안이 제국에 가 덜미가 잡힌 사이 추락의 산맥의 길드들은 점차 자리를 잡아가고 있었다.

그리 어렵지는 않았다. 그들의 진입 마지노선은 어디까지나 초입부 조금 지난 지점까지고 그곳에서 만나는 몬스터들을 위주로 사냥했으니까.

대부분의 길드가 그러했고 다들 무리는 하지 않았다. 목숨은 소중하니까.

모험가들이 드래곤이네 뭐네 감정에 휩쓸려 달려드는 걸 보고 전혀 흔들리지 않는 건 아니지만 그렇다고 함께 목숨을 내던질 수는 없다. 그들은 되살아나지 못한다. 언젠가 한 번쯤 꿈꾸었을 저런 대담함과 자유로움을 애써 갈무리하며 현실점을 찾는다.

그건 길드 선발전에서 최소한의 성적을 내겠다는 유저들의 길드도 마찬가지였다.

“괜히 갔다가 죽으면 끝이야.”

“이틀이면…… 그 시간에 한 마리라도 잡는 게 낫지.”

드래곤을 레이드하면 길드 선발전은 끝난다. 하나 한번 본 드래곤의 위엄은 쉽게 머릿속에서 잊히지 않는다.

유저들의 입장에서, 그리고 NPC들이 알고 있는 드래곤보다 약해 보이는 건 사실이지만 그렇다고 당장 그를 사냥할 수 있으리란 확신도 없다.

무엇보다 드래곤은 머리를 쓰지 않는가.

당장 몇 번 귀찮음을 당했다고 이젠 인간들의 세상에 모습도 드러내지 않는다. 산맥에 들어가 그들에게 해코지를 할까 걱정도 했지만 벌써 2주가 넘게 드래곤의 포효조차 듣지 못했다.

다른 방법을 찾고 있다는 뜻.

그건 강한 보스 몬스터의 체력과 공격력만큼이나 무서운 페널티다.

해서 다들 조용히 사냥에만 몰두했다.

최종 보스를 잡을 능력이 없으면 남은 건 점수 경쟁.

많은 몬스터를 잡고 강한 몬스터들을 잡는다. 그곳에서 벌어지는 어떠한 불미스러운 사고들은 모두 경쟁의 과정. 당연히 거대 길드일수록, 전투력이 강한 길드일수록 유리하다.

켄지는 그걸 뼈저리게 느꼈다.

'부족하다.'

나름 100명이 넘는 유저를 직원으로 들여 대형 길드라 자부하고 있었지만, 대륙에 존재하는 수많은 길드에 비하면 그저 이제 막 걸음을 떼고 발돋움하는 중형 길드에 불과했다.

정말 군대처럼 수천 명 단위로 움직이는 길드들!

소수지만 그들의 위엄엔 감히 자신만만하게 그들의 앞에 설 수 없다. 거기다 지금은 서로를 향한 공격이 정당화까지 되어 있는 상태. 질 것 같으면 사냥을 포기하고 숨는다. 동시에 그들과 마찰이 빚어지지 않을 장소까지 이동해야 하니 시간은 시간대로 버린다.

길드 선발전에서 서로 간의 전투는 생각보다 많이 벌어지지 않음에도 격차가 점점 벌려지는 이유.

켄지가 인상을 찌푸렸다.

'1등은 포기한다.'

애초에 그저 꿈만 꿨지 바라지는 않았다. 한데 지금은 그 꿈마저 버렸다.

판타스틱 월드.

늘 알고 있었지만 유저들에게 너무나도 박한 세상임을 다시 한번 느낀다.

너무나도 높다, 진입 장벽이.

반년이 넘는 시간 동안 현실을 거의 포기하다시피 하고 대륙에서 지내며 신규 유저들이 겪어야 할 장벽을 겨우 넘었다 생각했는데 또 그보다 높은 장벽이 생겨 버렸다.

아니, 생겼다기보다 첫 번째 장벽을 넘기 전엔 보이지 않은 것이겠지.

이런 장벽이 몇 개나 있는지 모른다.

레벨이 오르면 오를수록 더하겠지. 현실과 같다고 생각하면 기득권들이 세워놓은 장벽엔 수많은 장애물이 즐비할 테니.

피식.

그렇게 생각하니 웃음이 나왔다.

"재미있군."

켄지. 그는 충분한 자질과 능력이 있는 남자다. 요즘 연이어 한시민에게 당하는 모습만 보여서 그렇지, 오버 밸런스인 한시민만 없었더라도 켄지 길드는 지금보다 더 높이 날고 있었을지도 모른다. 그에겐 그럴 돈과 배짱이 있다.

"해볼 만하겠어."

그런 그가 목표를 정했다.

50위.

50위 안에 들고 세력을 넓힌다.

유저고 NPC고 상관없다.

대륙의 거주민들이 쳐 놓은 장벽 따위 넘고 또 넘어 기득권에 합류해 주지.

그가 판타스틱 월드를 단순한 게임이 아닌 하나의 세상으로 인정해 주었다.

완벽한 게임 중독의 시작!

그리고 현실 인정.

'유저만으로 최고가 될 순 없다.'

앞으로의 행보는 달라질 것이다.

누구라도 NPC들이 쳐 놓은 울타리를 보면 달라지리라 확신도 했다.

다행인 건 그가 가장 빠르다는 것이다.

남들이 따라오기 전에 먼저 달려 나가리라.

단순히 NPC들이 추가된 그의 청사진은 한없이 넓어지고 푸르러졌다. 그리고 그 그림의 마지막은 역시 한시민의 몰락이었다.

'제깟 놈이 혼자 얼마나 버틸 수 있는지 보자.'

켄지가 꿈을 위해 열심히 뛰기 시작했다.

3

수달은 불과 며칠 전까지만 해도 한시민에게 온갖 애정을 다 받던 대상이었다.

테이밍하지 못했음에도 떠받들고 원하는 거 들어주고 광석을 강화까지 해주고. 어떻게든 마음을 붙들어 놓기 위한 노력의 나날들!

그런 배려들이 한순간 드래곤을 만나며, 아니, 드래곤 레어를 발견하면서부터 사라졌다.

"꾸어엉."

그것도 모자라 이젠 버려지기까지.

황궁에서 빼액이와 함께 덩그러니 남겨진 수달이 애달픈 울음을 흘렸다.

"빼액."

빼액이가 그 마음 누구보다 잘 안다며 위로해 주었지만 위로가 될 리 없었다.

이제 마음을 열려고 했는데. 그의 광석 두 개를 열심히 15

강 해준 인간에게 고마워서. 그래도 이 남자라면 평생을 맡겨도 되지 않을까 싶어서.

"꾸엉."

신혼 첫날밤에 버려진 새색시 기분이 이럴까.

슬퍼하는 수달의 기다림을 알기라도 한 건지 한시민이 돌아왔다.

"어?"

"꾸어엉!"

"아, 맞다. 미안."

쿨한 인정.

잠시나마 머릿속에서 수달을 잊고 있었구나.

한시민이 사과하며 가식적인 미소와 함께 수달을 달래주었다.

드래곤이라는 거물을 상대하느라 광석이나 만들어내는 수달을 신경 쓸 겨를이 없었다.

언제나 상대적인 비교를 통해 이익을 추구하는 그이기에 가능한 일.

'드래곤이면 뭐, 광석을 만들 필요가 있나. 빼앗으러 다니면 되지.'

나름 합리적인 결정.

몸은 하나니까.

하나 어쨌든 공을 들여 데리고 왔는데 이제 와서 필요 없다고 버릴 수는 없는 노릇이다. 양자택일이라면 모를까 둘 다 가질 수 있는데 하나를 버리는 것 역시 한시민의 사전엔 없는 단어.

"꾸엉! 꾸엉!"

[테이밍에 성공했습니다!]

"응?"

그리고 때마침 등장하는 홀로그램. 지금까지의 고난과 역경을 말끔하게 잊게 해주는 사이다.

"크."

레벨이 낮아도 몬스터가 원하면 되는구나.

하나의 가능성을 또 한 번 확인했다. 물론 그 가능성의 확인보단 열심히 노력한 보람을 느낄 수 있다는 게 가장 기뻤다.

"앞으로 잘해보자."

"꾸엉! 꾸엉!"

마음이 한결 놓였다.

이제 굳이 가족에게 가식적인 모습을 보여주지 않아도 되겠구나. 친구처럼 편하게, 아빠처럼 다정하게 마음껏 내 모습을 보여주리라!

수달을 떼어놓으며 슬쩍 카르디안을 훑었다. 여전히 눈이 부시게 아름다운 미모는 남자로 하여금 침을 삼키게 만든다.

고작 로브로 드러난 얼굴이 저런데 두꺼운 로브 속엔 무엇이 있을까.

상상하게 만든다.

그건 그녀가 갖고 있는 전투 능력이나 드래곤으로서의 마법적 자질을 버리고서라도 엄청난 힘이다.

순간 한시민의 머릿속에 그녀를 이용해 돈을 벌 수 있는 수만 가지의 생각이 떠올랐다. 그중 전체 연령가에 어울리지 않는 그림은 모두 지웠다.

'게임을 진행하면서도 돈을 벌 수 있는 방법 위주로.'

그럼에도 많았다. 미소가 절로 지어졌다.

빼액이에게 손을 뻗었다.

"빼액아, 인사해. 오늘부터 네 엄마야."

"빼애액!"

그중 가장 먼저 생각한 방법 하나를 바로 써먹었다.

"……."

정말 엄마 역할을 맡겨 버리는 건가.

어이없어하는 카르디안의 표정 따윈 안중에 두지도 않고 빼액이를 건넨다. 뭣도 모르고 빼액거리며 카르디안의 어깨에 올라타는 빼액이.

"정말 날……."

“응, 너무 기분 나빠하지 마. 걔도 드래곤이야.”

“……!”

“골드 드래곤. 혹시 막 해코지한다거나 그러면 알지? 바로 맹약 발동해서 넌 뒤지는 거야.”

“…….”

“같은 드래곤이니까 친모라 생각하고 잘 봐줘. 그게 첫 번째 명령이야. 이번에 밥을 좀 많이 먹어서 안 그러겠지만 배고프다고 하면 밥도 먹여주고. 아! 물론 네가 알아서.”

어차피 카르디안은 계속 데리고 다닐 것이다. 한시도 빠짐없이. 그러니 그녀가 맡을 빼액이도 언제나 한시민의 시야에 있을 테고 타고 다닐 일이 생기면 바로 탈 수 있다.

그럼에도 그녀에게 맡긴 이유는 단 하나!

‘골드는 이제 그만 처먹여야지.’

제아무리 돈이 많다 한들 1골드가 아까운 본성은 여전하다. 특히 아까운 건 여전하나 씀씀이는 늘어 써야 할 때면 아낌없이 쓰는 한시민의 입장에서 쓸데없이 빼액이에게 아낌없이 들어가는 골드는 더더욱 뼈저리다. 해서 떠넘긴 것이다.

‘내가 데리고 다니면 가끔 까먹고 버리고 다닐 때도 있으니.’

그래도 예쁜 여자의 모습인 카르디안은 잊을 수가 없으니 빼액이를 더 잘 챙기는 계기가 될지도 모른다.

그렇게 생각하고 떠넘겼다. 엄마라는 단어를 붙여.

"엄마라 불러 앞으로."

"빼애액!"

생각 없는 빼액이는 그저 좋다고 고개를 끄덕였다.

좋을 수밖에. 진짜 엄마라고 생각할지도 모른다. 같은 드래곤이고 평생 살면서 먹을까 말까 한 양의 골드를 제공해 주신 밥 아줌마니까.

"빼액! 빼액!"

"……저리 가."

당연히 카르디안은 질색하며 목에 고개를 비비는 빼액이를 밀어냈지만 거칠게 다루지는 못했다. 한시민이 사악한 미소를 띠며 지켜보고 있었기에, 또 그녀가 맺은 마나의 맹약이 있었기에.

다른 무슨 계약은 무시한들 스스로가 맺은 마나의 맹약은 무시할 수 없다. 그건 곧 소멸하겠다는 의지다.

똥 씹은 표정으로 빼액이의 머리를 쓰다듬었다.

"쯧쯧. 드래곤도 별수 없구만. 가식적이야, 가식적. 지조가 없어."

세상에서 지조가 가장 없는 한시민이 양심 없는 소리를 내뱉었다.

10

스페셜리스트는 역경을 겪고 있었다.

"와, 언니. 이거 너무 빡센데?"

"……."

정설아마저도 마음에 들지 않는 듯 고운 미간을 찌푸리고 있을 정도!

이건 뭐 그냥 손해 보며 사냥하는 것 그 이상 이하도 아니다.

산맥 입구에서 만나는 몬스터를 사냥해도 하는 것 자체만으로 시간이 낭비되고 체력이 빠지고 기력이 빠진다. 그렇다고 꼭 잡을 수 있는 것도 아니다.

북쪽 산맥과 달리 이곳의 몬스터들은 서로 연결이라도 되어 있는지 잠깐만 시간을 끌어도 금세 새로운 몬스터들이 합류한다.

지형은 지형대로 나쁘고 몬스터들이 갖는 담합력 때문에 그야말로 최악!

"북쪽이 안개였다면 여긴 이거인가 봐."

동서남북. 4개의 금지마다 갖고 있는 그들만의 특색.

누구보다 빠르게 파악한 정설아의 찌푸린 미간은 쉽게 펴질 줄 몰랐다. 계산하느라 바빴기에.

'이걸 계속하는 게 나을까?'

길드 선발전.

분명 꼭 참여해야 하는 이벤트다. 여타 게임처럼 그냥 심심할 때마다, 유저들이 빠질 것 같다 싶으면 여는 이벤트가 아니니까.

게임사에서도 주관할 수 없다. 베타고의 마음인지 황제의 마음인지 어쨌든 이벤트가 다시 발생하려면 1년이 걸릴 수도 있다. 어쩌면 그 이상일지도 모르고.

해서 참여했다. 우승은 꿈도 꾸지 않음에도.

일단 이름은 올리자.

소수정예로 결정한 이상 스페셜리스트는 길드의 이름답게 명성을 날려야 한다. 그래야 인원이 부족한 단점을 채울 수 있기에.

하나 그것의 어려움을 몸소 부딪치며 느낄수록 포기하고 싶은 마음이 간절했다.

'차라리 레벨을 좀 더 올려 다음 메인 퀘스트를…….'

모든 걸 가질 순 없다.

선택과 집중.

차라리 이 시간에 켄지와 레벨 격차를 벌리는 게 낫지 않을까?

"모험가들인가?"

"훗, 선발전에 참여한 모험가의 수도 꽤 된다더니 이렇게 만나는군.”

“그런데 길드라 하기엔 수가 적은데?”

“애송이들끼리 재미로 모여 만든 길드겠지. 모험가들이야 약해 빠졌으니까. 몇 명이 모이든 무슨 상관이겠어.”

이런 쓸데없는 접촉도 줄일 수 있고.

나서려는 정현수를 말리며 정설아가 등을 돌렸다. 누가 봐도 시비다. 평소였다면 참지 않았겠지만 지금은 참아야 한다.

‘이틀.’

길드 선발전을 포기하든 계속하든 결정을 내리기 전이다. 그 전까진 참여한바 노력을 다해야 하는데 이틀이 비는 순간 안 그래도 힘든 게임에서 완전히 아웃된다.

아웃되면?

선택의 여지는 사라지고 사냥해야 하는 하나의 길만 남겠지.

그쪽으로 마음이 거의 기울어졌다지만 이런 식은 아니다. 게다가 부딪칠 만한 상황도 아니다. 시비를 걸어온 NPC 길드는 50명이 넘는다. 레벨이 동등해도 이길 가망성이 없는데 이건 그 반대이지 않은가. 저들도 그걸 알고 이런 식으로 무식하게 시비를 걸어오는 것일 테고. 살인이 자유로운 게임이니까.

“어허, 어딜 가려고.”

당연히 작정하고 걸어온 시비에 출구란 없었다. 50이 넘는 자들이 스페셜리스트를 둘러쌌다.

"아오, 재수가 없으려니 별 거지 같은 것들이 다 꼬이네."

"이길 수 있나?"

"아니."

셋은 빠르게 상황을 파악했다. 워낙 지형이 한 치 앞도 제대로 확인하기 힘든 우거진 산맥이라 말을 걸 때까지 다가오는 것조차 못 알아차린 게 가장 큰 결점이다.

'죽었다.'

결론은 하나였다. 싸워보지 않아도 답은 나온다. 저들의 목적이 살인이 아닌 이상 변하지 않는다.

"무슨 짓이죠?"

해서 떠보기 위해 정설아가 말을 꺼냈다.

죽일 것이었으면 진작 죽였을 것이다. 하지만 둘러싼 채 지켜만 보고 있다. 음흉한 눈빛들로. 무슨 의미가 담겨 있는지는 굳이 묻지 않아도 알 수 있다.

"알잖아. 우리라고 뭐 약해 빠진 모험가 셋을 죽이고 싶겠어? 그냥 서로서로 편하게 끝내자고. 안 그래도 힘든데. 어차피 그쪽은 죽어도 다시 살아난다며? 서로 원하는 걸 주고받으면 좋잖아?"

"……."

최악의 상황.

현실에서 판타스틱 월드에 대한 가장 비판적인 목소리가 나오는 부분 중 하나.

지나친 현실감.

정설아가 두 눈을 감았다. 그리고 길드 대화를 켰다.

–로그아웃하자.

–언니.

–…….

물론 그럼에도 게임이 살아남을 수 있는 건 언제든 로그아웃할 수 있다는 이유 때문. 남아 있는 캐릭터의 일들은 유저가 느끼고 보지 않아도 된다. 다만 그렇게 된다면 죽음은 피할 수 없겠지.

"어차피 죽었어."

"……응, 알았어."

강예슬도 잠시 고민하다 수긍했다. 게임을 재미로 하는 그녀는 이런 상황은 달갑지 않다.

차라리 죽고 말지.

지켜주지 못하는 분노에 정현수만 말이 없었다.

스페셜리스트 답지 않은 무거운 분위기!

그들 역시 켄지가 느낀 NPC들과 유저들의 거대한 장벽을 또 한 번 느꼈다. 하나 그들에게 주어진 장벽은 켄지와는 조금 달랐다.

–어? 여보세요? 아, 이제 길드 대화 켜셨나 보네. 어디세요?

"……?"

"……?"

–저 여기 다 왔는데 위치 확인 좀 하게 하늘에 폭죽 좀 날려봐요.

그들의 장벽 바닥엔 개구멍이 있었다. 사람 한 명쯤 지나다닐 수 있는.

세상 심각하던 강예슬이 그대로 지팡이를 들어 올렸다. 그녀가 정설아와 게임을 한 세월만 해도 풍월을 읊으면서도 시 하나를 지어낼 만큼이다.

이럴 땐 굳이 묻지 않아도 뭘 해야 할지 누구보다 잘 안다.

"파이어 볼!"

아주 기초적인 마법.

61억짜리 스킬북의 시너지와 함께 수십 개의 불덩이가 허공을 향해 솟구친다.

"쯧쯧, 발악하기는."

NPC들이 비웃었다.

후우웅–

"응?"

콰콰콰콰콰쾅!

비웃음은 몇 배로 그들에게 돌아왔다.

4

하늘로 쏘아 올린 파이어 볼은 거대한 불덩이가 되어 돌아왔다.

하나의 운석.

아니, 운석처럼 보이는 드래곤.

"……?"

저게 뭘까?

보았다면 누구라도 가질 의문이다.

뭔데 이렇게 구름 한 점 없는 하늘에서 갑자기 떨어지는 걸까.

울창한 나무들 사이에 가려 얼핏얼핏 보이지만 분명한 건 그 거대한 것이 다가올수록 그들이 서 있는 곳엔 그늘이 진다는 것이다.

"……!"

그리고 그것의 정체를 확인했을 땐 이미 늦은 상태였다.

피해!

외치기도 전에 충돌한다.

콰콰쾅!

"후아!"

의도치 않은 백마 탄 왕자가 빼액이의 등에서 내렸다.

“…….”

“…….”

어색한 침묵에 한시민이 주위를 살핀다.

“어라?”

뭐지?

여기저기 널브러진 유저들이 보였다.

“이 사람들 뭐죠?”

“저놈들이 우리 막 이렇게 막 하려고 했어!”

순수한 질문에 기다렸다는 듯 다가오는 강예슬의 제보!

한시민의 눈이 가늘어졌다.

“내가 생각하는 그런 거?”

“응.”

“아니, 이 X 같은 개새들이!”

“…….”

같은 생각하는 거 맞나?

고개가 갸웃했지만 강예슬이 가슴을 쭉 폈다.

든든하다. 불과 몇 분 전까지만 해도 암울한 분위기에 눈물이 절로 날 것만 같았는데 고작 한시민 한 명이 추가된 것만으로 스무여 명의 유저가 두렵지 않다. 모두 날려줄 것만 같다.

이래서 다들 든든한 남자를 만나는 거구나!

나만을 지켜주는 남자! 얼마나 매력적인가.

비록 돈을 좀 밝히는 결점이 있지만 그녀는 그걸 메울 만큼의 재산을 갖고 있다.

'오빠랑 나랑 결혼하면…….'

쓸데없는 망상은 개개인의 특권이다.

"감히 우리 설아 씨를!"

"……칫."

한시민이 그걸 얼른 깨버렸다. 동시에 한 걸음 나섰다.

"우리 고객님을 건드리는 놈은 가만히 두지 않겠다!"

"뭐야, 저건."

직접적인 피해를 입지 않은 NPC들이 흙먼지 속을 뚫고 나와 살기를 드러냈다.

빼액이에게 중력의 힘을 그대로 받아 교통사고 당한 NPC들은 이미 세상을 떠났다. 단순히 사과하고 웃고 악수하며 끝날 문제가 아니라는 뜻.

"네놈이 감히!"

적반하장이 난무하는 판타스틱 월드!

NPC들이 다시 대열을 갖추고 주위를 둘러쌌다.

다른 점이라면 아까는 개인적인 욕망에 가까운 감정이었다면 지금은 꼭 죽이겠다는 의지랄까.

어떠한 페널티도 없는 살인. 부담감을 갖지 않는 순간 지옥이 펼쳐진다.

한시민도 절로 긴장했다.

'좀 세 보이는데.'

어째 스페셜리스트와 사냥터에서의 만남은 이런 식인 것만 같다. 이왕이면 멋지게 혼자 쓸어버리는 결과까지 이어지면 좋을 텐데. 하늘도 무심하시지. 매번 같은 패턴을 반복하는 게 불만이었던 걸까.

그래도 질 것 같지는 않으니 진지해지기로 했다.

'안 되면 죽지 뭐.'

믿을 만한 마지막 보험도 있었고.

일촉즉발의 상황. 침을 삼키며 누군가 방아쇠를 당기기만을 기다리는 순간.

"크허허헝!"

"……?"

"……?"

그 순간을 제삼자가 빼앗았다. 하나 누구도 그에 대해 항의할 수 없었다. 개입한 제삼자들 역시 전쟁터에 존재하는 그들 외의 모든 것을 죽이기 위해 난입한 것이었기에.

인간 대 인간으로 신사적인 서막과 함께 시작될 전투는 개판이 되었다.

혼란.

누가 적인지 구분하기조차 힘든 상황과 그 속에 끼어 있는 진짜 개들!

"크르릉!"

"아이, 개새끼들아! 좀 꺼져!"

"컹컹!"

욕이 아니다. 정말 개들이 난입했다.

아니, 개라고 할 수 있으려나. 덩치는 늑대 인간만 하고 생긴 건 개다. 굳이 이름을 붙이자면 개인간이랄까.

어쨌든 난입한 개들은 피아 구분 없이 인간이라면 무작정 공격하고 봤다.

물론 호락호락 당하진 않았다. 레벨로만 따지면 현재 이곳에 존재하는 인간 중 가장 낮은 레벨을 가진 이들이 스페셜리스트라 봐도 무방하니까.

침착하게 대형을 유지하며 공격을 막아냈다.

처음엔 그럴 수 있었다. 수적 우위가 있었으니까. 하나 시간이 지나며 그들이 흘리는 울음소리의 수가 점차 늘어났다.

열에서 스물, 스물에서 서른, 서른에서 오십.

끝없이 늘어난다.

버티며 하나둘 숫자를 줄이는 것보다 늘어나는 수가 많으니 자연스럽게 분위기는 침울해질 수밖에 없었다.

그렇게 버티다 보니 대형도 무너졌다. 개들이 사이를 파고들기 시작했다.

“아니, X발! 그러게 너희가 시비만 안 걸었어도 얘네가 오진 않았잖아!”

이빨을 들이미는 개의 머리를 망치로 후려치며 한시민이 책임을 전가했다. 그는 결코 이들의 난입이 빼액이를 위한 위치 알리미 서비스 때문이라고 생각하지 않았다.

“…….”

NPC는 억울한 누명을 쓰면서도 변명할 수 없었다.

동료들이 죽어 나간다. 그런 상황에서 말싸움이나 하고 있을 틈이 어디 있겠나.

“후퇴한다!”

무의미한 싸움 대신 한 명의 생존자라도 늘리는 선택을 한다. 현명한 선택이다.

“크르렁!”

개들이 보내줄 생각을 하지 않는다는 점만 제외한다면.

“…….”

개들의 숫자는 어느덧 100을 향해 불어나고 있었다. 추락의 산맥의 무서움이 적절하게 보이는 장면.

"크르르르."

틀렸다.

승패가 결정 난 상황에서 잠시 대치가 이루어졌다. 대치라기보다 승자가 약자를 잡아먹기 전 부리는 여유란 느낌이 컸지만.

"젠장."

NPC가 스페셜리스트 쪽을 힐끔거렸다. 죽음이 두렵지 않은 불사의 모험가들.

"야, 이 수달 놈아! 지금 다 죽게 생겼잖아. 빨리 그거 써!"

"꾸엉! 꾸엉!"

"그게 뭔데?"

"있어. 야, 안 쓰면 다음부터 강화 없다?"

"꾸어엉."

역시. 저들은 죽음이 코앞까지 닥쳐도 가볍기 그지없구나.

자조 섞인 미소가 절로 띠어진다.

저런 자유분방함이 싫었다. 이런 위험한 사냥터에서 시비를 건 것도 다 그런 이유에서였다.

후회하진 않았다. 죽은 자에겐 후회할 시간조차 주어지지 않으니. 개들은 그런 여운을 즐길 틈조차 주지 않았고.

"크르렁!"

절망으로 얼룩진 인간들의 표정을 보며 만족스러운 울음과 함께 달려드는 개들.

"꾸엉!"

그런 그들 사이로 수달의 불만 섞인 울음이 섞인다.

팟-

빛이 터져 나왔다.

두 가지의 빛.

그리고 그것이 융합되었다.

['룬: 지진의 메아리' 효과를 300초 동안 적용받습니다.]

[공격 시 반경 10m 내외에 모든 적이 피해를 입습니다.]

['룬: 천벌의 망치' 효과를 300초 동안 적용받습니다.]

[지속 시간 동안 공격력이 100% 상승합니다.]

[두 가지의 룬이 융합되어 '특수 룬: 폭발 주의' 효과를 적용받습니다.]

지진의 메아리야 이미 경험해 봤다.

그때와 지금은 수달이 들고 있는 광석의 강화 지수가 하늘과 땅 차이니 시간이 늘어나고 범위와 효과가 늘어난 것쯤은 당연하게 받아들일 수 있다. 한 번에 두 가지의 효과를 적용해 준다는 점은 제법 놀랄 만한 일이었고. 한데 융합은 생각지도 못한 것이었다.

'뭐지?'

거기다 효과에 대한 설명도 없다. 궁금증이 두 배로 증폭됐다. 뭣도 없는 것들이 비밀이랍시고 숨기면 짜증만 나는데 이런 식의, 이미 기본 효과만으로도 자신감이 하늘을 뚫고 올라가 드래곤이라도 홀로 패 죽일 만큼 상승한 이때, 그것보다 상위 효과로 보이는 비밀의 스킬이라니. 궁금하지 않으면 남자도 아니다.

하나 캐묻지 않았다. 묻는다고 대답해 줄 홀로그램이 아닐뿐더러 캐물을 시간이 없기에.

"크르렁?"

달려들던 개들의 시선이 그를 향했기 때문이 아니다.

297.

296.

295.

1초, 1초가 너무나도 아깝다. 이 힘을, 주체할 수 없는 힘을 조금이라도 더 누리고 싶다.

개들은 한시민과 NPC들에게 마지막을 준비할 여유를 주었지만 한시민은 그러지 않았다. 그는 그렇게 자비 넘치는 인간이 아니다.

자신의 1초는 남의 1년보다 길다 여기는 사람!

훙–

“크르릉?”

땅을 박차 그대로 개와의 거리를 좁히고 망치를 휘두른다.

민첩이 오른 건 아니라 평소보다 빠르다는 느낌은 없었지만 상관없다. 맞기만 하면 된다.

퍽!

“……?”

그를 중심으로 반경 10m의 땅이 내려앉았고 범위 내의 있던 몬스터들은 피해를 입었다.

만신창이가 된 몬스터들에게 살았다는 안도감이 찾아오기도 전에 한시민이 그토록 궁금해하던 특수 룬의 효과가 발동됐다.

쾅!

부딪친 공격에서 폭발이 일어났다.

짧고 굵게, 그리고 넓게.

“으아악! 오빠!”

피아를 가리지 않고.

예상치 못한 갑작스러운 피해에 강예슬이 서둘러 치유 마법을 시전했다.

다행히 죽진 않았다. 정현수가 그 짧은 시간 본능적으로 방패를 들어 올린 덕분. 그럼에도 깎인 피를 보며 경악했다.

당연히 NPC들도 입을 다물지 못할 만큼의 피해를 입었다.

"미쳤다."

라는 말이 절로 나왔다.

불과 30분 사이에 일어난 모든 일 중 가장 미친 것 같다. 이런 파괴력이라니. 단 한 번의 공격에.

만약 이런 걸 마음껏 휘두를 수 있다면?

'그것도 본인이 안전한 상태에서.'

정설아가 경이로운 눈으로 한시민을 보았다.

대체 볼 때마다 이런 사기적인 스킬을 어디서 가져오는 걸까.

경외심으로 한시민을 찾은 정설아의 눈동자가 흔들렸다.

"시민 씨?"

"쿨럭, X발. 야, 이 개 같은 수달아. 뭐 이만……."

정설아의 눈에 들어온 한시민은 죽어가고 있었다. 폭발의 중심에서 가장 큰 피해를 입은 그였다.

"꾸엉꾸엉!"

수달이 그런 거지꼴을 보며 웃었다.

"웃어?"

망치를 쥔 한시민의 손이 부들부들 떨렸다.

저걸 죽여 말아.

잠시 치미는 화를 진정시킨 한시민이 그대로 망치를 반대편 늑대들에게 던졌다.

역시 판타스틱 월드는 유저에게 엿을 먹이기 위해 만든 게임이 분명하다. 강한 힘에 따르는 강한 반발. 쉽게 되는 게 하나도 없다.

하나 그는 그런 것마저도 극복할 만큼의 잔머리가 있다.

이가 없으면 잇몸으로 싸운다.

폭발이 시전자에게도 영향을 미치면 영향 범위 밖에서 때리면 되지!

망치가 저 멀리 날아가 강자에 대한 두려움을 느껴 슬금슬금 도망치려는 늑대에게 적중했다.

콰콰콰콰쾅!

폭죽보다 더 큰 폭죽이 또 한 번 터졌다.

"크하하하하!"

일시적이나마 광역기를 얻은 한시민이 웃었다.

그의 손엔 어느새 바닥에서 주운 돌멩이들이 가득했다.

"간다!"

"깨앵!"

돌멩이 피하기 게임이 시작됐다.

개들에게.

또 스페셜리스트와 NPC들에게.

5

카르디안은 할 말을 잃었다.

빼액이의 등에 함께 타고 내려와 위기에 처한 인간의 동료들을 본 순간까지만 해도 그녀는 의기양양했다. 나서서 도와주고 내가 어떤 인간인지, 아니, 용족인지 보여주겠노라 어깨가 으쓱했었는데 그 모습을 보여주기도 전에 상황이 정리됐다.

분명 한시민은 그녀의 시선으로 봤을 때 약하다. 마나만 충분하면 제압하고도 남을 정도로 약했다. 당장 눈앞에 쌓이고 쌓인 몬스터들과 싸워도 질 것이라 확신했었는데 이상한 버프를 받더니 상황을 역전시켰다.

물론 그런 힘이라도 그녀에 비할 바는 아니다. 제약을 받은 주제에 본체의 힘과 비교하는 게 마땅한 일은 아니지만 어쨌든 힘의 격차는 분명 존재한다며 위로할 수 있었다.

하나 그의 광기를 보며 그녀는 주눅이 들었다.

'저런 미친 인간이 무한히 살아나며 괴롭히면…….'

이미 그에게 잡혀 노예 계약을 맺지 않았던가. 차라리 그편이 잘한 결정일 수도 있겠다는 생각이 들 정도였다.

사방으로 흩뿌려지는 돌멩이들은 폭발을 연쇄적으로 일으켰고 그 사이에서 그도 피해를 입었다. 그럼에도 웃으며 계속 내던진다. 폭발음에 끝없이 몰려오는 몬스터들을 반기기라도 하듯.

그렇게 한참을 학살하던 한시민의 표정이 어느 순간 굳었다. 그와 함께 무기에 스며든 빛도 사라졌다. 동시에 외쳤다.

"빼액아! 변신!"

"빼애액!"

그녀의 품에서 고개를 비비적거리던 빼액이가 기다렸다는 듯 몸을 키웠다. 수달과 스페셜리스트가 탑승했다.

한시민이 달려오며 바닥에 주울 수 있는 것들을 대충 주웠다.

그가 탑승하자마자 빼액이가 하늘로 날아올랐다. 한 치의 망설임도 없는 도주였다.

"야, 수달아. 이거 쿨타임 얼마냐?"

욕망으로 번들거리는 눈빛을 보며 카르디안은 태어나서 처음으로 진심 어린 후회라는 걸 했다.

'이런 인간인 줄 알았으면 드래곤 하트는 포기할걸.'

후회는 원래 언제 해도 늦는 법이다.

Episode 35.

성동격서

1

그래도 카르디안은 드래곤이다.

명색이 드래곤인데 고작 인간에게 질린 기를 티 내진 않는다.

도도하게, 우아하게, 고고하게.

비록 계약서에 서명 한번 잘못해 인생 종 치는 대열에 합류했지만 기품만은 끝내 잃지 않으리라.

"야, 일로 와봐."

"싫어!"

"싫어?"

"날 다른 노예들과 같은 취급하지 마라! 인간!"

"어쭈?"

"난 용이다!"

나라를 잃어도 정체성은 잃지 않는다!

내 비록 지금은 인간의 노예가 되었으나 내 자긍심을 지키면 인간도 언젠간 인정하는 날이 오겠지!

제깟 놈이 그래 봐야 날 죽이기라도 하겠어, 어쩌겠어. 지도 필요한 게 있으니까 날 죽이지 않고 맹약으로 묶어두었겠지.

비상한 머리는 도움이 되었다. 다만 너무 많은 생각을 했다는 게 문제였지만.

"그래? 그럼 말어."

"……?"

"맹약은 네가 어겼지 그럼?"

"……."

한시민은 길게 생각 안 한다. 돈에 관련된 문제에 관해선 가끔 복잡하고 심오하게 고민을 하긴 하지만 이런 문제는 그냥 생각나는 대로 해결한다. 뒷일 따위. 게임에서 걱정해 봐야 뭐 하겠나. 그에게 손해가 될 리도 없고.

무엇보다 배짱이다.

어쩔 건데!

갑의 위치를 기가 막히게 알아채고 2억% 활용하는 한시민만의 본능.

기세등등하던 카르디안이 주춤했다. 결국 그녀의 약점은 맹약이다.

목숨을 건 맹약.

아니, 차라리 죽으면 그만이다. 한데 맹약을 어겼을 때 드래곤의 최후는 마나 없는 용가리다.

지성체인 드래곤이 그런 노후를 과연 견뎌낼 수 있을까.

죽음보다 더한 고통만이 남아 있겠지.

특히 겪어보지 못한 미래는 더더욱 무섭다. 선대 드래곤들로부터 내려오는 괴담이기에 더 부풀려져 그녀의 머릿속에 각인되어 있다. 인간이나 드래곤이나 자식들에게 함부로 계약서에 서명하지 말라 위협하는 건 마찬가지니까.

“가, 가면 되잖아!”

결국 카르디안은 항복했다. 항복이랄 것도 없었지만 풀이 죽은 표정으로 터덜터덜 헐렁한 로브를 이끌고 한시민의 앞에 섰다.

그 모습이 귀여운 강아지 같아 보고 있던 스페셜리스트의 입가에 엄마 미소가 절로 생겼다.

“언니, 진짜 예쁘다.”

“드래곤은 원래 이렇게 예쁜가?”

여자도 예쁜 여자를 보면 좋아한다.

남부럽지 않게 평생을 살아온 강예슬과 정설아조차 감탄을 터뜨릴 정도의 카르디안이다.

그런 그녀가 한시민에게 개처럼 부려지고 있다니.

가까이서 이런 미녀를 볼 수 있다는 기쁨과 함께 안타까움도 찾아왔다.

“고생해요, 언니. 인생이나 용생이나 뭐 다 그렇고 그런 거지.”

“말 잘 들으면 시민 씨는 착해서 잘해줄 거예요.”

“에이, 언니. 그건 아니지.”

“네가 시민 씨한테 장난만 치니까 그런 거잖아.”

“하, 외모지상주의 정말.”

위로랍시고 건네는 위로들도 카르디안에겐 전혀 위로가 되지 않았다.

인간들에게 이런 대접을 받다니! 불과 수백 년 전까지만 해도 상상을…….

“야, 주먹 그만 부들부들 떨고 때릴 거 아니면 여기 딱 서. 내 옆에.”

“……예, 주인님.”

한시민의 말에 고분고분 선다. 물론 입술은 삐죽 튀어나오고 다리는 삐딱하지만 그마저도 용서가 되기에 한시민은 바로 방송을 켰다.

한동안 켜지 않았던 방송…… 이라기보다 켤 만한 정신적 여유가 없었지.

반성하며 한시민이 기다렸다는 듯 들어오는 시청자들에게 인사한다.

"안녕하세요. 오늘 방송은 10분만 할 예정입니다."

뻔뻔하기 그지없는 사전 예고!

광고를 보고 온 시청자들에겐 황당하기 그지없는 선언.

—뭐야, 광고 몇 분 보고 왔더니 방송 10분이라고?

—아니, 그럼 방송 왜 켠 거야.

—뭐 중요한 거 하려나?

—아, 내 10만 원.

—이 방송 문제가 이거임. 방제에 뭘 적어놓질 않아. 아 놔, 로또도 아니고.

당연히 항의는 거셌다.

—PJ 초심 잃은 듯. 언젠가부터 광고 넣더니 슬슬 시도 때도 없이 광고 틀기 시작하고 이젠 10분짜리 방송에 10만 원 받아 처먹네 ㅉㅉ.

[강퇴당하셨습니다.]

물론 이 방의 절대적인 룰은 변치 않아 그런 항의는 빠르게 사라졌지만.

볼 놈은 본다!

한시민의 변치 않는 초심.

수만 명의 시청자를 끌어모았을 때도 거침없이 유료로 돌려 버리는 그 초심을 아직 시청자들은 기억하고 있기에 불만을 반강제로 삭였다.

그래, 어차피 내고 들어왔는데 뭐 하는지나 보자. 그래도 지금까지 재미없던 적은 없으니까.

–환불해 줄 리는 없음. 고소해서 져도 방송 시간이나 조금 늘리겠지.

–그냥 보자. 10분에 10만 원 받을 수 있는 이유가 있겠지.

여론이 가라앉았을 땐 이미 한시민이 켜놓은 타이머는 5분이 지나 있었다.

차분히 앉아 팝콘이나 뜯고 있던 한시민이 그제야 자리에서 일어났다.

"오늘은 방송을 켜지 못하는 동안에 새로 생긴 동료를 소개해 드릴까 합니다. 길게 하지 않는 이유도 그거고요. 뭐, 그냥 동료라기보다 뒷바라지할 노예라고 해야 하나? 야, 일로 와."

양심 없이 내뱉는 말들과 함께 예의 불량한 자세의 카르디안이 한시민의 손에 이끌려 그에게 끌려왔다. 한쪽 고개를 삐딱하게 하늘로 돌리고 양손은 배배 꼬고 있으며 목 밑을 제외한 부위는 두꺼운 로브로 가려져 있는 블랙 드래곤!

—헉!

—…….

—누, 누구임?

사람들은 경악했다. 그리고 남은 시간이 2분을 가리키기 시작했을 때 시청자의 수가 폭발할 듯 증가했다.

마치 개인 방송 채널에 연예인이 나타났을 때의 느낌!

아니, 그 이상이다.

카르디안은 그런 존재였다. 연예인이 그냥 '예쁘다', '현실에서 저런 사람을 만날 수 있을까'라면 카르디안은 진짜 엘프가 존재한다면 저런 느낌이겠구나.

잡티 하나 없고 뽀얀 피부에 붉은 입술은 시선을 절로 집중시킨다.

그렇게 내려가는 시선이 목덜미에 닿을 때쯤이면 침을 삼키다 못해 흘러내리게 만들 아찔한 쇄골이 드러나고. 절묘하게 로브로 가려진 쇄골 밑의 상상은 시청자들의 몫이다.

"남자들이란."

아무것도 하지 않고 그냥 드래곤을 5분 출연시킨 것만으로 또 한 번 억대의 시청료를 벌어들인 한시민을 보며 강예슬이 고개를 저었다.

방송은 이미 꺼진 상태고 카르디안의 어깨에 손을 올리고 있던 한시민은 기특하다며 그녀의 머리를 쓰다듬어 주고 있었다.

시작부터 뽕을 뽑는 그의 모습은 스페셜리스트가 재벌만 아니었으면 부러움에 이미 복통사 했어도 백 번은 했으리라.

"오빠, 나도 출연시켜 줘. 반띵 하자."

물론 다다익선이라고 용돈 받아 쓰는 처지인 강예슬이 입술을 쭉 빼며 한시민에게 제안했다.

유혹!

"됐어. 그냥 힐이나 잘해."

"쳇."

여전히 씨알도 먹히지 않았지만.

한시민의 뽕 뽑기는 이게 시작이었다.

"야, 준비해. 마나 조금 모인 거 있지?"

"……네?"

"있잖아, 인마. 내 뒤통수치려고 조금씩 모으고 있던 거."

"……."

"드래곤을 노예로 둬서 뭐 하겠나. 길드 선발전이나 이겨야지."

카르디안의 몸에 소름이 돋기 시작했다.

뭔지 몰라도 굉장히 힘들고 지치고 위험할 것만 같아.

혹시 하는 마음으로 몸속의 마력을 점검했다. 맹약을 맺고 바닥이 난 마력이 조금이나마 그녀의 부름에 응답했다.

필요할 땐 잘 모이지도 않던 게 지금은 왜 이렇게 잘 모여.

원망해 봐야 소용없었다.

한시민에게 흡수된 마나의 맹약은 그녀가 그의 부탁을 빙자한 명령을 거절할 수 없게 만드니까.

2

켄지 길드는 완전히 적응을 마쳤다.

시행착오와 돈과 똑똑한 머리들에서 나오는 결과.

추락의 산맥에서 적응은 곧 길드 선발전 점수의 상승을 의미했다.

"100위 안에 진입했습니다."

"수고했어요."

"이런 식으로 남은 2주 동안 점수를 쌓으면 80위 안에도 진입할 수 있습니다."

"다이노의 힘이 컸어요."

"별말씀을. 더 높은 곳까지 원하시면 전쟁을 하시는 것도 방법입니다."

"가능하다면. 전력이 파악된 길드들을 만나면 지체 없이 공격하죠."

"네, 길마님."

자체적인 스펙 업뿐 아니라 NPC 길드들도 거침없이 포섭한다.

대부분의 NPC는 모험가를 무시하고 굳이 그들의 밑에 들어가지 않아도 될 만큼 독자적인 세력을 갖추고 있지만, 꼭 그런 길드들만 길드 선발전에 참여하라는 법은 없었으니.

유저들이 그냥 콩고물 하나 떨어질 게 없나 참여하는 것처럼 NPC들도 마찬가지다.

어느 정도 실력도 되고 전력도 괜찮은 길드지만 순위권 안에 들기 힘든 길드들.

켄지는 그런 길드들을 노렸다.

돈으로.

물론 그런 식으론 길드원들의 완벽한 충성을 얻어내긴 어렵지만 상관없었다. 어차피 이용하는 관계다. 돈으로나마 NPC들과 관계를 맺을 만큼의 위치까지 올라왔다는 것만으로도 켄지는 만족하고 활용했다.

덕분에 이제 NPC 길드들과 만나도 전력을 비교해 보고 상대를 제거하겠다는 판단까지 할 수 있을 정도로 성장할 수 있었다.

"유저 중엔 가장 높습니다. 이거면 충분합니다."

"아쉽지만, 다음을 노려야죠."

높게 보되 욕심내진 않는다.

욕심이라고 말하기에 한 자릿수는 너무나도 높다.

넘지 못한 장벽이 수십 개가 있는데 어디 있는지조차 모르는 마지막을 바라보기엔 현실감이 너무 넘친다. 안주하는 건 정체를 불러일으키지만 켄지는 이번엔 만족하기로 했다.

"유저 랭킹 1위 길드. 구체적인 지표가 드디어 나오는군요."

1등!

얼마나 간절하게 원했던가.

판타스틱 월드에서 지금껏 공정한 지표로 정해준 단 하나의 랭킹인 레벨 랭킹에서 1위를 빼앗기고부터 지금까지.

게임 시작부터 그때까지 지켜왔던 그의 명예와 자존심이 바닥으로 떨어진 것만 같았다. 그런데 이제 그걸 되찾을 수 있다. 비록 레벨 랭킹은 여전히 밀리지만.

"개인 랭킹보단 길드 랭킹이 훨씬 효과가 좋습니다."

"그렇게라도 위안을 해야겠죠."

어쨌든 레벨 랭킹도 낮은 게 결코 아니다.

4위.

수천만 유저 중 4위. 그런 유저가 길드마저 잘 이끌어 유저 공식 길드 랭킹 1위를 달성했다. 이 얼마나 놀라운 업적인가.

둘 다 1위 하는 거야 어렵지 않다. 길드를 더 키우고 키워 레벨 랭킹 1, 2, 3위를 무너뜨리면 그만이다.

"남은 2주. 조금 더 열심히 해 굳히도록 하죠."

"네! 길마님!"

길드원들도 그런 길마의 의지에 부응했다.

아무리 돈을 많이 받는다 해도 의지가 없으면 따라오기 힘든 일정의 일들이다. 반복되는 사냥, 파밍 아이템들을 몰아줘야 하고 심지어 죽음도 두려워하지 않아야 한다. 어찌 일적인 부분만 보고 할 수 있겠는가.

그런 단합력에 길드에 소속된 얼마 안 된 NPC들도 힘을 얻었다.

"모험가들이 마냥 허접하지는 않나 보군."

"역시. 모든 모험가가 이럴 리는 없겠지."

"길드에 들어오길 잘한 것 같아."

벌써 길드 선발전이 끝난 분위기다.

틀린 말은 아니었다. 2주만 버티면 되니. 그냥 돌아가 기다리기만 해도 100위 안은 안전하게 지킬 수도 있다.

하나 켄지는 그러지 않았다.

"스페셜리스트는 어쩌고 있죠?"

"지금 랭킹 500위 바깥입니다. 아무래도 수적 불리함과 다른 NPC들의 텃세에 시간을 빼앗기고 있는 듯합니다."

"하긴, 거긴 힘들 법도 하지. 그래도 혹시 모르니 계속 지켜보세요."

"네, 길마님."

언제나 그의 일을 망쳤던 스페셜리스트! 그들을 경계하는 걸 잊지 않았다. 만에 하나의 상황을 대비한 결정.

'설마 쫓아오겠어?'

대비하면서도 생각했다. 이번엔 안 될 거라고.

안 될 거라고 분명히 생각했었는데.

"길마님, 스페셜리스트 순위가 어제보다 200위 상승했습니다."

"길마님, 어제보다 130위……."

"길마님, 스페셜리스트가 내일이면 100위를 돌파합니다."

1주일을 남기고 그 설마가 사람을 잡았다.

3

카르디안이 입술을 삐죽 내민 채 걷고 있었다.

“내 용생아. 어쩌다 이런 신세가…….”

모체의 드래곤 하트를 지켜보겠다고 인간에게 달려들었다가 이런 꼴이라니.

이럴 줄 알았으면 깔끔하게 포기했었을 것이다. 드래곤 하트를 지키려는 이유는 단순히 모체에 대한 애정이 아니라 제약을 그나마 풀고 마족들을 대륙으로 이끌겠다는 생각 때문이었으니까.

그녀가 변절하고 마족들과 손을 잡았다고는 해도 결국 가장 중요한 건 자신의 목숨이다. 드래곤이라고 목숨이 세 개씩 있는 게 아니니까. 마족들이 모두 후퇴할 때 잽싸게 휴식에 든 것만 봐도 알 수 있지 않은가.

“후.”

어찌 됐든 지장 찍었고 바뀌는 건 없다. 열심히 맹약을 지키다 계약을 완료하고 자유의 몸을 되찾는 수밖엔.

‘어차피 인간은 100년밖에 못 산다지.’

그나마 이걸로 위안을 찾기로 했다. 그녀에게 주어진 시간은 적어도 한시민보단 기니까.

문제라면 지금껏 100년 정도는 짧다고 느껴왔지만 이상하게 한시민과 얽히고 나서부터 흐르는 시간은 하루가 1년 같다는 것이다.

자연스럽게 어깨가 무거워지고 걸음은 더뎌졌다. 그녀의

주위를 따르는 몬스터들이 힐끔 눈치를 봤다.

뭔가 지금 이빨을 들이밀어도 될 타이밍 같은데.

그녀에게 느껴지던 압도적인 존재감이 지금은 많이 무뎌진 상태.

그건 약육강식의 산맥에 사는 몬스터들이 가장 잘 느낀다.

싸우면 이길 수 있을 것 같다.

실제로 카르디안의 현재 상태로는 이 많은 몬스터를 막지 못할 수도 있다. 하나 몬스터들은 감히 반란을 꿈꾸지 못했다.

드래곤은 그런 존재다. 인간의 모습으로 폴리모프했어도, 마나가 없어도 위엄이 살아 있는.

"에휴."

그게 인간에게만, 아니, 한시민에게만 안 통한다는 게 통탄스러울 뿐.

"어? 몬스터다!"

"뭐지? 사람인가?"

"마법사도 한 명 껴 있는데?"

"죽여."

"크와아아!"

한시민의 노예가 되어 그의 임무를 충실히 수행해야 하는 카르디안이 인간들을 발견하자마자 공격 명령을 내렸다.

한시민이 없는 시간!

자유의 몸이 되었음에도 온몸이 옥죄이는 듯한 느낌을 버릴 수가 없다.

이것이 맹약의 힘.

"다 죽여 버려!"

스트레스를 보이는 인간들에게 풀 수밖에 없었다.

"오빠, 디안 언니 저렇게 보내도 돼?"

"디안 언니?"

"그 용가리 언니 있잖아."

"……걔 설정 나이만 최소 수백 살은 될 텐데 언니라 부르고 싶냐."

"나보다 예쁘면 다 언니지 뭐. 그게 중요한 게 아니고 테이밍한 거 아니잖아?"

"상관없어. 튀려면 벌써 튀었지."

카르디안에게 작전을 설명해 주고 보낸 뒤 강예슬의 불안한 질문에 한시민은 당당히 말했다.

드래곤에 대한 무한한 신뢰!

……라기보다는 맹약이 갖는 힘을 믿는다.

분명 카르디안은 맹약을 맺은 뒤 고분고분 그의 말을 따랐다. 그게 진심인지 아닌지 정도는 파악할 눈초리는 된다.

"어차피 진짜 드래곤이라면 내가 어찌할 수 있는 것도 아니고. 적당히 이용하면서 뽑아 먹을 거 다 뽑아 먹어야지."

현실적인 판단과 최대한의 효율!

한시민이 그리는 그림은 그것이었다.

물론 가장 좋은 그림은 어찌어찌 카르디안을 빼액이처럼 테이밍하는 것이겠지만 현실성이 없는 꿈은 꾸지 않는다. 그러기엔 현실에서 얻어내야 할 것이 너무나도 많았기에.

그렇게 카르디안을 보낸 한시민은 곧장 사냥을 시작했다.

집요하게 몬스터를 찾아다닌다.

특히 무리!

무리를 짓고 다니는 몬스터는 그 수가 많을 수밖에 없다. 거기에 레벨이 높기까지 하면 금상첨화.

당연히 위험성은 높아진다. 하지만 안전의 문제는 가장 먼저 생각하는 것.

콰콰쾅!

철저히 룬의 효과를 받을 수 있을 때만 사냥한다.

쿨타임 300분.

고작 300초짜리 룬의 효과를 받기 위해 5시간을 기다려야 하지만 룬의 효과를 받는 300초는 300분간의 사냥이 부럽지 않을 정도의 효율을 보여주었다.

특히 추락의 산맥과 룬의 효율은 말로 표현할 수 없을 정도의 시너지를 보여주었으니.

"와, 끝도 없이 몰려오네. 진짜."

"시끄럽고 말할 시간에 마법이나 하나 더 써!"

"응."

이를테면 폭주 모드다. 평상시 전력으로 싸웠으면 승리는 커녕 도주조차 쉽지 않았을 전력보다 훨씬 강한 힘을 일시적으로 가지며 쓸어버리는 전략. 점수를 올리고 싶지 않아도 오를 수밖에.

그뿐만 아니라 룬의 쿨타임 시간에도 사냥을 멈추지 않았다.

30점, 50점, 100점.

하루에 보일 수 있는 최대한의 기록은 스페셜리스트가 다 갱신했다.

5시간에 1번. 길어 보이지만 24시간을 기준으로 하면 무려 4번이다.

남들은 한 마리 사냥하고 몰리는 몬스터를 피할 때 그런 몬스터들을 싹 잡아버리는 버그와 같은 방식을 4번이나 사용한다.

그렇게 순위권에 스페셜리스트라는 이름을 박아 넣자 상황은 조금씩 달라졌다.

슬슬 기웃거리는 유저와 NPC들. 스페셜리스트를 경계하기 시작한 것이다.

보이는 족족 인정사정없이 죽였지만 끊이지 않았다. 그만큼 길드 선발전이 치열하다는 뜻.

"와, 이제 100위인데 이렇게 경계해?"

"한 자릿수에 가면 더 하겠지."

"거기까지 갈 수 있을까요? 1주일밖에 안 남았는데."

"지금처럼만 한다면야."

고작 100위인데 이런 견제다. 물론 누구보다 빠르게 치고 올라왔기에 보이는 반응일 수도 있다.

하나 결과는 변하지 않는다. 한시민은 1위를 노리고 멈추지 않을 계획이고 기득권은 순위를 유지하기 위해 노력할 예정이고.

필연적으로 누군가는 밀린다. 순순히 밀릴 생각이 아니면 마찰이 빚어진다.

당연히 싸우면 스페셜리스트가 불리하다. 그럼에도 한시민은 웃었다.

"일단 켄지 놈들부터 밟고 가죠."

인생은 설계다.

설계하는 데 가진 패는 충분하고도 넘친다.

그런데도 1위를 못 먹는다?

용납할 수 없다.

쿨타임을 확인한 한시민이 또다시 사냥에 나섰다.

4

켄지 길드에 비상이 걸렸다.

종합 랭킹 74위.

이제 굳히기만 하면 유저들 사이에서 길드 랭킹 1위는 굳혀 놓은 당상이었는데 고작 1주일 사이 지각이 변동했다.

스페셜리스트.

이름만 들어도 진저리가 나는 그 이름이 턱밑까지 쫓아왔다.

결정을 내려야 할 때. 아니, 결정이랄 것도 없다. 이미 스페셜리스트의 도약이 시작됐을 때부터 그들은 지금까지보다 더 열심히 사냥했고 점수를 올렸다.

그런데도 격차는 계속해서 줄었고 이젠 손가락에 꼽을 정도로 숫자가 좁혀졌다.

무엇을 의미하겠는가.

역전.

선발전 종료까지 4일 앞둔 상황에서 격차랄 것도 없는 순위 차이다.

내일이면 켄지 길드의 이름이 스페셜리스트 이름 아래에

가 있으리라.

남은 선택은 하나다.

"밟는다."

넷 중 하나만 밟으면 된다. 이미 그들의 행보는 자신만만한 방송을 통해 공개되었고 지금도 계속되고 있으니까.

매일 한시민에게 10만 원을 기부한다는 게 마음에 들지는 않지만 덕분에 어떻게 방해하면 확실하게 고꾸라뜨릴 수 있는지 알 수 있었다.

"수달처럼 생긴 놈의 광석. 그것이 빛나면 랜덤 버프가 적용됩니다. 지속 시간은 5분 정도고 쿨타임은 대략 5시간 남짓입니다."

아주 중요한 정보다. 스페셜리스트가 단숨에 도약한 단 하나의 이유이자 그들의 모든 것이기에.

해서 기뻐하기보단 찝찝했다. 대체 왜 이런 정보를 공개했을까? 한시민이 아무리 돈에 미친놈이라고 해도 이런 부분은 신경 썼으면 공개되지 않았을 수도 있다. 아니면 아예 방송을 하지 않았어도 됐고.

뭔가 꿍꿍이가 있는 것 같은데.

"길마님."

"치러 갑니다."

하나 오래 생각할 시간이 없었다.

결국 쳐야 한다. 가서 죽여야 이틀간의 공백 동안 순위를 벌리고 되살아난 스페셜리스트를 방해할 시간이 생긴다.

어쩔 수 없이 찝찝함을 안고 움직였다.

추락의 산맥이 집처럼 느껴질 만큼 사냥한 덕분에 방송을 통해 보이는 한시민의 위치를 찾는 건 어렵지 않았다.

"길마님, 그런데 방송에 새로운 동료라고 나왔던 여자가 보이지 않습니다."

"여자?"

"예, 엄청 예뻤는데 로브를 쓰고 있었고 마법사 같아 보였습니다."

"무시하세요. 지금 그런 걸 신경 쓸 때가 아닙니다. 3시간 안에 도착하고 2시간 안에 끝을 봐야 합니다."

"네, 길마님."

깔린 판, 어쩔 수 없이 움직여야 하는 말.

좋지 않은 기분에 별 시답지 않은 변수에 신경 쓸 겨를이 없었다.

분명 없었다.

한데.

"길마님! 속보입니다. 블랙 드래곤이 현재 빈사 상태로 몬스터들에게 공격받고 있다고 합니다!"

무관심한 그에게 그 작은 변수가 먼저 손을 내뻗어 왔다.

경쟁자의 제거냐 일확천금이냐.

"……."

켄지에게 두 개의 그림이 주어졌다.

"두 개의 그림이요?"

"네, 제가 머리가 좋지는 않지만 잔머리는 좀 쓰잖아요."

"……."

"그냥 맞짱 떠도 제가 이기겠지만 그래도 쟤들은 룬 쿨타임에 우릴 죽일 생각을 하고 있단 말이죠. 그런데 그때 블랙 드래곤을 잡을 기회가 주어진다면?"

"고민하겠네요."

정설아가 고개를 끄덕였다.

유저 랭킹 1위와 대륙 랭킹 1위 길드. 두 가지 단어가 갖는 의미는 차원이 다르다.

물론 두 가지 모두 켄지 길드가 선택에 따른 승리를 거머쥐었을 때의 이야기지만, 세상 그 누가 질 것이라 가정하고 움직이겠는가. 두 가지 모두 불확실하지만 승산이 있다고 볼 것이다. 어쨌든 난공불락의 드래곤이 빈사 상태라면 결국 먼저 가서 찌르는 놈이 임자니까.

"그럼 어떻게 할까요?"

"이성적으로는 이쪽이 확률이 높긴 하죠."

"궁금하네요."

정설아는 궁금증을 삼키고만 있지 않고 방송 목록을 열었다. 길드 선발전에 참여한 수많은 유저 중 이 상황을 중계하는 유저가 단 한 명도 없을 리 없다. 수는 적지만 다행히 몬스터들에게 두드려 맞고 있는 카르디안의 모습을 찍는 방송을 찾을 수 있었다.

빼액이 등에 누워 다들 방송을 관람했다. NPC들이 하나둘 모이고 유저로 보이는 자들도 모인다.

확실히 카르디안은 계획대로 몬스터들에게 열심히 맞고 있었다. 누가 봐도 기회로 보일 만큼 현실감 넘치게, 불쌍할 정도로.

"크롸롸롸롸!"

포효하지만 그 포효에 눈물이 섞인 것만 같은 기분이랄까?

절로 군침이 돈다.

방송으로만 봐도, 실상을 알고 봐도 이런데 저기 있는 자들은 어떤 기분일까.

지금까지 모은 점수?

다 필요 없다. 가서 숟가락만 꽂으면 된다.

다들 눈치를 보기 시작했다. 그리고 무리가 형성되었다.

지키려는 자와 출세하려는 자.

그런 와중에 낯익은 얼굴들이 보였다.

"역시."

켄지.

욕심이 많은 자. 하나 욕심을 부릴 자격이 있는 자.

한시민이 만족스러운 표정으로 방송을 껐다.

모일 사람은 다 모였다.

저런 훌륭한 싸움 구경을 방송으로만 보는 건 예의가 아니지.

"가자, 빼액아!"

"빼애액!"

직관!

드래곤 레이드를 빙자한 아수라장을 구경하기 위해 빼액이가 날아올랐다.

5

한시민이 명령한 건 단순명료했다.

"그냥 몬스터들 데리고 다니면서 인간들 좀 조지다가 적당한 자리에서 연기 좀 해."

한마디에서 느껴지는 음침함과 음흉함은 상상을 초월하는 바. 동족을 배신하고 대륙을 배신하며 마족과 손을 잡은 경력이 있는 카르디안마저도 몸을 떨 정도였다.

이래도 되나 싶어 망설였지만 어쩌겠나. 그녀도 깨끗한 몸은 아니다. 오히려 이런 쪽의 계략은 그녀 쪽에서 더 환영하는 바이고.

다만 그 주체가 그녀가 아니라 인간이고 그녀는 그냥 연기나 하는 주연도 아닌 조연이라는 점이 불만이었을 뿐.

"크르르르."

"깨앵."

"끄롸롸!"

"크엉!"

어쨌든 명령은 거부할 수 없다. 드래곤에게 대충도 있을 수 없다. 어찌어찌 모은 마나를 또다시 탕진하며 본체로 돌아온 카르디안은 감히 불경을 저지르는 몬스터들에게 맞아가며 인간들의 동향을 주시했다.

좀 더 현실감 넘치는 연출을 위해 몬스터들에게 전력을 다하라 시켰기에 따끔거리는 몸은 지금이라도 그만둘까 온갖 유혹을 다했지만 그랬다가 다가올 인간의 분노는 차라리 몸에 자잘한 생채기 조금 생기는 게 낫다 판단되었다.

"순서를 정합시다!"

“순서라니. 괜히 드래곤을 자극했다가 모두 전멸할 수도 있다!”

“딱 봐도 반격할 여력이 없어 보이는데 무슨! 랭킹 지키려고 그러는 거 아닙니까!”

“뭐? 어디 듣도 보도 못한 게.”

그렇게 카르디안이 까져 나가는 비늘을 보며 한숨을 쉬는 사이 인간들은 서로 다투기 바빴다. 한시민이 예상한 대로.

역시 사악한 놈.

고개를 절레절레 흔들며 앓는 소리도 한 번 섞어준다.

자연스럽게 다급해지는 인간들. 한쪽은 빨리 그녀를 사냥하고 싶어서, 한쪽은 막기 위해서.

이해관계에 얽힌 인간들은 마족들보다 더하다.

“비켜!”

“비켜? 이게 미쳤나.”

“대형 길드면 다야! 길드 선발전은 공정하게 합시다, 좀!”

“공정? 공정이라. 그래, 공정하게 해야지.”

서로 무기를 꺼내 들고 대치한다. 누가 돌멩이만 건드려도 터질 것 같은 분위기.

마치 자신들이 드래곤의 가디언인 양 행동하는 모습이 기가 찼지만 드래곤의 숨결에도 불구하고 대형 길드들은 포지션을 유지했다.

그래, 어디 한번 싸워봐라.

몬스터들에게 적당히 살살하라는 신호를 보내고 싸움 구경이나 하려던 찰나.

"잠시만요!"

켄지가 나섰다.

극적인 상황에.

서로가 대치하는 그 팽팽한 동아줄 가운데에 선 켄지.

물론 다들 놀라거나 긴장하는 기색은 없었다.

켄지는 유저들 사이에서나 유명하고 돈 많고 레벨도 높고 길드 세력도 강력하지, 대륙을 움켜쥐고 좌지우지하는 축에 속하는 이들에겐 그냥 햇병아리에 불과하다. 언제든 밟아 없앨 수 있는.

무한히 부활하는 모험가?

죽일수록 약해진다는 약점은 죽음보다 더한 최후를 선사할 수 있다.

"뭐냐, 천박한 모험가 주제에."

온갖 멸시가 쏟아졌다. 그럼에도 켄지는 꿈쩍 않았다. 그는 여기 모든 걸 걸었다. 한시민을 포기하고 이곳에 왔고 드래곤을 잡지 않으면 순위는 뒤집히고 만다.

그럼에도 유저 길드 랭킹 2위라는 건 변하지 않지만 1위가 아니면 아무런 의미가 없는 건 판타스틱 월드 역시 마찬가지.

도박을 해야 한다.

결심한 켄지가 말을 내뱉었다.

“전 비록 보잘것없는 모험가 길드의 장이고 선발전도 더 이상 올라가기보다 현 상태를 유지하는 것조차 버겁습니다. 아니! 굳이 치고 올라가지 않아도 제가 원하는 바는 충분히, 그 이상을 얻었다고 자부할 정도로 이번 길드 선발전은 알찼습니다. 하지만 그건 그거고 드래곤은 꼭 잡아야 합니다.”

“……?”

“방금, 황제 폐하의 사위께서 제게 모험가만의 소통 수단으로 말을 전해왔습니다. 폐하께서 사실 이번 길드 선발전의 목표를 블랙 드래곤으로 잡으신 이유는 대륙의 안정이 아니라 드래곤 하트와 비늘이라는 것을요!”

“……!”

충격적인 발언!

장내가 어수선해졌다.

“그것이 사실이냐!”

“제가 이런 곳에서 어찌 거짓말을 하겠습니까!”

한 치의 흔들림도 없는 뻔뻔한 거짓말에 대형 길드들이 술렁였다. 그게 사실이라면 이건 아주 심각한 문제다.

“드래곤 레이드라니.”

길드 선발전 1등.

중요하다. 분명 중요하다.

승자는 모든 걸 취하고 몇 년이 될지 기약할 수 없는 미래까지 앞서 나갈 발판을 마련할 수 있다.

하나 그게 황제가 원하는 결말을 막고 얻어낸 것이라면?

결국 모든 건 황제가 제공한다. 모든 혜택은 황제의 한마디면 회수당할 수 있다.

"……."

"어차피 드래곤 레이드도 결국 기여도에 따라 점수가 오르지 않습니까! 원하신다면 합의하에 마무리는 조정한다 해도 이런 식으로 레이드 자체를 포기할 순 없습니다. 만약 폐하께서 이렇듯 담합을 통해 대륙의 위험을 방조했다는 사실을 아시면……."

"……!"

대형 길드장들의 목이 굳었다.

그럼 끝이다. 대형 길드고 수십 년 역사고 뭐고 황제의 한마디면 모두 죽는다.

그럴듯한 이유까지 있다면야 더더욱 쉽다.

변절.

수백 년 전 대륙이 겪은 그 지옥 같은 상황을 떠올리면 변절자에게 주어지는 형벌이란 상상할 수도 없다.

"크흠, 그럼 일단 저걸 죽이고 생각해 볼까."

"우린 그저 괜한 피해를 없애기 위해……."

대치하던 반이 등을 돌렸다. 온전한 길드들, 어쩌면 길드 선발전에 참여한 거의 모든 길드가 카르디안을 보는 셈.

"……?"

그 순간 카르디안은 느꼈다.

이건 아닌 것 같은데.

빠른 눈치로 날개를 펼쳤다.

"크롸라라라!"

눈치 없는 몬스터들이 달라붙어 있던 날개가 펼쳐지자 떨어질 생각은 안 하고 오히려 물어뜯었다.

이 새끼들이 미쳤나.

마나는 없어도 신체적 능력은 드래곤이다. 거칠게 몸부림치자 대부분이 떨어져 나갔다.

날개를 펄럭이자 상처들에서 고통이 아련하게 전해져 온다.

대체 얼마나 물어뜯은 거야.

상처를 돌아볼 여력조차 없었다. 지금 상황에서 저 인간들에게 공격당하면 정말 위험할지도 모른다.

드래곤이 진짜 무서운 이유는 그 신체적인 단단함을 제외하고서라도 웬만한 생명체들은 범접할 수 없는 공중을 장악할 수 있다는 점과 무한한 마법의 종주자라는 것이다.

두 가지 가장 큰 장점이 봉쇄당하면 그냥 튼튼한 용가리에 불과하다.

펄럭.

해서 빨리 자리를 뜨기 위해, 바닥에서라도 벗어나기 위해 날았다.

아니, 날려고 했다.

"난다! 막아!"

그 전에 온갖 저주 마법이 그녀의 날개에 적중했다.

"……."

펄럭이 파닥이 됐다.

카르디안의 코끝이 찡해졌다.

'흐윽.'

뭔가 잘못되었다.

한시민이 도착했을 땐 카르디안은 생각보다 심하게 두드려 맞고 있었다. 어찌 된 상황인지는 묻지 않아도 방송으로 봐서 알고 있다.

"저거 완전 개또라이네. 황제를 팔아?"

"오빠가 할 말은 아닌 것 같은데."

"나야, 인마, 황제하고 사위고 또 이름 좀 팔 만큼 친하다고 쳐도. 저놈은 뭐야.”

정확히 말하면 황제의 이름을 팔았다기보다 한시민의 이름을 팔았다. 황제의 사위가 전해줬다는 황제의 심중이니까.

둘 다 황제의 이름이 팔린 건 마찬가지지만 다가오는 느낌은 확연히 다르다. 켄지의 입장에서 전자는 감히 수습할 수 없는 일이라면 후자는 그럭저럭 가능성이 보인달까.

한시민의 말대로 만약 황제의 이름을 그대로 팔았으면 친분도 없어 말 한마디 붙일 새도 없이 끌려가 무한한 죽음을 당했을 것이다.

하나 한시민이라면 다르다. 돈으로 매수가 가능하다.

선 싸지르기 후 대처.

지금까지 보인 한시민과 황제와의 관계에서도 한시민이 뒤처리를 충분히 할 수 있으리라 판단했겠지.

다만 여기서 가장 중요한 문제는 하나다.

한시민.

“내가 얼마를 부를 줄 알고 저러지.”

그에게 갑을 뛰어넘은 슈퍼 갑의 위치를 내주게 된다는 것.

대단하다는 생각만 들 뿐이다. 얼마를 제시하든 평범한 소시민의 머리에서 나오는 금액은 얼마든 지급할 각오가 되어 있다는 것.

혹은 흥정할 자신이 있다는 뜻.

분노보단 흥미가 일었다. 확실히 켄지도 제정신이 아닌 건 분명했다.

"오빠, 저거 근데 저렇게 놔둬도 돼?"

"드래곤인데 설마 맞아 죽겠냐."

"좀 위험해 보이는데."

그보단 카르디안을 걱정하는 게 먼저겠지.

하늘 위에서 제삼자의 입장에서 보는 카르디안은 정말 불쌍했다.

덩칫값 못 하고 온갖 디버프에, 마법에, 공격에.

포효하며 다가오는 유저들을 죽이긴 하지만 그 효율성은 시간이 지날수록 떨어졌다.

느려지고 약해지는 물리적 공격에 맞아 죽을 만큼 여기 모인 길드들은 나약하지 않다. 거기다 서서히 보이는 드래곤 슬레이어의 칭호에 사기도 올랐다.

불가능한 업적을 달성할 수 있는 희망은 지친 몸의 피로를 잊게 만들어주는 비타민.

"크롸롸롸롸!"

카르디안의 포효에서 눈물이 섞여 나오기 시작했다.

살려줘!

이런 젠장. 빌어먹을 인간 하나 잘못 만나서 이게 무슨 꼴이람.

한시민이 그 울음을 들으며 누워 있던 몸을 일으켰다.

"저 정도면 충분히 길들여졌겠지."

"……."

마족 같은 소리를 내뱉으며 몸을 푼다.

"야, 빼액아. 잘 빼내야 한다. 엄마를 죽게 내버려 두진 않겠지?"

"빼액!"

"그래, 그래."

마지막으로 당부하며 뛰어내린다. 하늘에서. 동시에 수달의 광석이 빛났다.

"디안아, 오빠 왔다!"

카르디안이 무식하게 맞는 걸 구경만 한 단 하나의 이유!

"다 뒤졌다!"

허공에서 망치를 휘두르며 의지를 내비친다.

지진 룬과 천벌 룬.

아니, 욕심부리지도 않는다. 지진 룬만 걸려라.

그래도 지금까지는 제법 높은 확률로 지진 룬이 많이 걸렸었다. 덕분에 순위도 많이 올랐고. 이번에도 그러리라 믿어 의심치 않았다.

만약 지진 룬이 아니더라도 괜찮다. 뭐든 저 또라이들 사이에서 휘젓고 다닐 수 있는 것 하나만 나오면 된다!

['룬: 재생 능력' 효과를 300초 동안 적용받습니다.]

[적용 시간 내 체력과 마력 회복 속도가 5,000% 상승합니다.]

['룬: 초월' 효과를 300초 동안 적용받습니다.]

[적용 시간 내 모든 스킬의 재사용 대기 시간이 80% 감소합니다.]

[두 가지의 룬이 융합되어 '특수 룬: 절대 무적' 효과를 적용받습니다.]

예?

망치를 휘두르던 자신만만한 손이 멈췄다.

높은 상공에서 떨어지는 몸은 어느새 개미만 하던 유저들의 한가운데에 다가가고 있었지만 홀로그램을 지울 생각은 하지 못했다.

읽고 또 읽는다.

하나 변하는 건 없다.

온몸을 지배하는 강력한 힘도, 망치에 스며드는 기묘한 빛도 그저 쌩쌩하다. 맞아도 살고 죽어도 살 것만 같다.

'내가 스킬이…….'

그리고 확인해 본다. 오랜만에 그가 가진 스킬들을. 당연히 써먹을 만한 공격 스킬 따윈 없다.

"……."

현 상황에서 가장 쓸모없는 룬 두 개가 등장했구나.

생각과 동시에 몸이 바닥에 추락한다.

쾅!

길드들이 깜짝 놀라 뒤로 물러날 정도의 충격. 낙법 따위 정신적 충격에 생각지도 못했다. 쭉 까인 피는 놀랄 틈도 없이 다시 차올랐다.

"……."

이런 거구나.

새로운 룬의 효과에 감탄할 틈 역시 없었다.

"시민?"

"안녕?"

켄지와 눈이 마주쳤다.

"드래곤이 빈사 상태입니다! 모두 총공격합시다!"

"야, 이 개새야. 나 황제 사위야!"

"……공격!"

1초 동안의 대화와 아이 컨텍은 켄지의 머릿속에서 금세 지워졌다.

그리고 한시민이 억울함을 표출할 새도 없이 온갖 마법이 날아왔다.

콰콰콰콰쾅!

"으아아악!"

다굴 맞는 카르디안의 기분이 이랬구나.

복날 개 뚜드려 패듯 공격들이 들어왔다. 그리고 룬을 받고 내려와 다 쓸어버리겠다는 한시민의 큰 그림이 찢어졌다.

만신창이로.

6

예상치도 못했다.

'왜?'

이해도 안 됐고.

켄지 입장에선 적어도 그랬다. 지금 한시민은 여기 있으면 안 된다. 그들이 스페셜리스트 치러 가는 걸 포기하고 여기 오는 데 가장 크게 고민했던 것 중 하나가 이 시간 동안 스페셜리스트가 점수를 올리는 것 때문이 아니던가.

그건 당연한 수순이고 스페셜리스트가 해야 할 도리다.

물론 켄지 입장에선 좋긴 하다. 그저 이해가 안 될 뿐이다.

'대체 왜?'

괜히 여기 끼면 손해 보는 건 스페셜리스트뿐.

안정적으로 유저 길드 랭킹 1위를 획득할 수 있는 기회를 버리고 도박 수에 몸을 던진단 말인가.

이해되지 않았지만 그가 본 건 분명 한시민이었다.

고개를 드니 저 위에 있는 금색 가고일도 보인다.

'죽인다.'

의문은 여전히 풀리지 않았지만 판단은 그 어느 때보다 빨랐다.

왜인지는 몰라도 죽여야 할 놈들 둘이 눈앞에 나타나 주었다. 기회를 놓치면 다음은 없다.

'제까짓 게 아무리 대단해도 여기 있는 전부를 감당할 순 없어.'

NPC 중엔 많진 않지만 마법사도 섞여 있다. 전투를 진행하기 위한 마법들을 써야 하니 최소 4서클 이상의 마법사들.

그런 공격들과 레벨이 이곳 산맥의 몬스터들과 비등한 NPC들이 우글거린다.

살아남으면 그건 유저가 아니라 정말 베타고가 만들어낸 인공지능이겠지.

콰콰쾅!

해서 한시민의 처절한 외침 따윈 무시한 채 명령을 내렸다. 명령이라기도 민망한 지시지만 어쨌든 공격들은 새로 등장한 한시민에게 집중됐다.

어마어마한 폭격!

이게 진작 드래곤에게 들어갔으면 죽었을지도 모르겠다는 생각이 들 정도로 화려하고 파괴적이었다. 한동안 공격은 계속되었고 공격이 멈추고 나서도 여운은 지속되었다.

그리고 온갖 공격을 다 받은 한시민의 너덜너덜해진 모습이 시야에 들어왔을 때.

"……!"

"……!"

모두가 굳었다.

"와, 이런 쓰레기 같은 룬을 봤나. 나한테 이런 거 줘봤자 5분 동안 샌드백이나 되라 이건데 어쩌라고."

투덜거리며 먼지를 태연하게 털어내는 한시민을 보았기 때문.

터벅터벅.

아무렇지 않게 다가오는 모습에 다들 저도 모르게 한 걸음 뒤로 물린다. 동시에 상상한다.

내가 저기 서 있었다면 어떻게 되었을까?

판타스틱 대륙에 발을 붙이고 살았다는 증거라도 한 줌 남길 수 있었을까.

고개가 저어진다. 그리고 공격을 다시 하기 꺼려진다.

한 번은 운이었을 수도 있지만. 그 운이 너무나도 큰 이펙트로 다가왔다. 다시 공격한다 해도 무효가 될 것만 같다.

그런 모습들을 보며 한시민이 한숨을 내쉬었다.

"지금이 딱 타이밍인데."

모두가 그를 보며 경외심을 느끼고 있다. 그 어떤 공격도 날아오지 않으며 공격의 주도권이 그에게로 넘어온 상황. 원래였다면 뛰어들어 헤집고 다녀야 할 타이밍. 하나 그도 의욕이 없는 건 마찬가지였다.

“이 많은 인간을 내가 어떻게 시간 안에 다 죽여.”

분명 괜찮은 룬 두 개고 융합 룬도 쓸모가 있다. 만약 바람대로 지진 룬과 천벌 룬을 받았더라면 처음에 닥친 공격에 죽었을지도 모를 테니까.

하지만 그러면 뭐 하나. 버티고 난 뒤 그에게 주어진 건 망치 하나와 수백이 넘는 머릿수인데.

한 방에 하나씩 죽여도 5분 안에 처리하지 못한다. 게다가 지금 그의 공격력으론 한 방에 한 명을 죽일 수 있으리란 보장도 없다.

양쪽 모두 의욕을 상실했다.

그러다 한시민이 힐끗 카르디안이 있는 쪽을 보았다. 어느새 내려온 빼액이의 등에서 강예슬이 내려 마법 주머니를 카르디안의 입에 털어 넣고 있었다.

그녀의 레어에서 가지고 나온 하급 마력석들. 다시 폴리모프하기 위한 최소한의 마력을 채우기 위한 용도.

천하의 짠돌이 한시민이 그녀를 살려 더 부려먹기 위해 선심을 쓴다.

“에휴.”

투자를 했으면 성공을 해야지.

적어도 시간 정도는 벌기 위해 망치를 쥔다. 길드들의 당황은 오래가지 않을 테다. 아니, 이미 상황을 파악하기 위해 눈알을 굴리고 있고 공격하지 않는 한시민을 보며 뭔가 이상함을 느낄 것이다.

왜 공격하지 않지? 저 정도의 방어력과 체력이면 공격력도 우리를 찍어 누를 정도로 강할 텐데?

그런데 왜? 설마?

의문의 끝엔 답이 내려질 것이다. 저들은 매일매일을 생사를 넘나드는 전쟁터에서 살아가는 용병들이니까.

"모두 공격!"

달려드는 사람들, 미간을 찌푸리는 한시민, 그리고 그의 귓가에 들려오는 정설아의 목소리.

"시민 씨, 그 룬. 혹시 디안 씨랑 파티 맺어보면 공유 안 될까요?"

"……?"

길드 점수를 올리며 이런저런 실험을 해봤다. 게임의 묘미는 이런 거니까.

시스템을 발견하고 그걸 어떻게 이용하고 활용해야 최대한의 이익을 뽑아낼 수 있을지에 대한 모험!

그냥 대륙을 주야장천 걸어 다니는 것만 모험이 아니다. 이런 식의 모험도 의미 있고 오히려 재미있는 경우가 많다. 실제로도 그랬고.

파티를 맺었을 때 수달이의 버프는 모두에게 적용되었다. 비록 그 효과가 주인과 노예, 아니, 테이머와 테이밍 몬스터의 관계로 엮여 있는 한시민에 비하면 절반 정도의 수준이었지만 그게 어디인가.

효과를 받는 숫자가 늘어나면 자연스럽게 효과도 계속 줄어들 것이란 추측까지 나왔지만 어쨌든 무상으로 이런 버프를 받을 수 있다는 건 엄청난 효과임에 틀림이 없다.

버프 알바의 시급이 오르는 또 한 번의 계기가 되었고.

어쨌든 파티원들에게 효과가 함께 적용된다는 사실은 몇 주간의 실험을 통해 입증되었다. 하나 그게 과연 드래곤에게도 적용이 될까에 대한 생각은 해보지 못했다. 할 필요가 없었다.

"누가 상상이나 했겠나."

라기보다 할 엄두를 내지 못했다고 해야 할까.

드래곤과 파티를 맺는다.

보통 유저가 게임을 하며 몬스터와 파티를 맺는다는 생각을 하는 건 쉽지 않다. 한다 해도 몬스터가 파티를 수락하리란 보장도 없고.

애초에 현실감 넘치는 판타스틱 월드니까 그런 가정이라도 하는 거지 시스템 자체로 막혀 있을 수도 있다.

"지성체고 시민 씨와 테이밍 관계는 아니지만 일종의 맹약 관계로 묶여 있다고 하셨잖아요. 어쩌면 될 것도 같은데."

"한번 해봐야겠네요."

한데 이런 상황에서 정설아가 가능성을 제시해 주었다.

만약 된다면 이 쓸모없는 쓰레기 같은 버프가 상황을 뒤집을 완벽한 해결책이 된다.

망치로 수백 명이 넘는 사람을 상대하다 버프가 끝나고 비참하게 두드려 맞아 죽는 것보다야 그편에 도박하는 게 낫겠지.

달려오는 사람들에게 등을 돌리고 카르디안에게 뛴다.

'될 것 같다.'

뛰면서 그 짧은 시간에 드는 생각은 이것이었다.

가능하다. 가능성이 있다. 맹약도 일종의 시스템으로 맺어진 관계이다.

그보다 하위 시스템인 파티가 먹히지 않을까?

"야! 파티 맺자!"

"크르르."

한시민이 소리쳤고 카르디안이 고개를 끄덕였다.

긴장되는 순간.

어느새 사람들은 다시 거리를 좁혔고 한곳에 뭉쳐 있는 스페셜리스트에게 공격이 닿을 곳까지 다가왔다.

다가오자마자 공격이 날아든다. 새까맣게. 피할 공간은 없다. 오로지 막아야 한다.

정현수가 두 여자를 잡아당기며 방패를 꺼내 든다. 모습이 보이지 않을 정도로 완벽한 탱킹이지만 날아드는 공격들은 그마저도 뚫을 기세로 떨어져 내린다.

공격들이 중앙에 있는 스페셜리스트와 빼액이, 카르디안에게 적중되려는 순간.

우웅-

티티티팅!

그들은 둘러싼 짙은 보호막이 생성되었다.

"……!"

그것이 의미하는 바는 하나였다.

실험의 성공.

바깥과의 시선이 차단된 보호막 안에서 스페셜리스트의 시선이 카르디안의 자리로 향했다.

하나 거대한 드래곤의 성체는 보이지 않았다. 단지 그곳엔 한 명의 여자가 있을 뿐이었다.

칠흑의 머리카락이 허리까지 내려오는 미녀. 우윳빛 피부와 주먹만 한 얼굴, 오밀조밀하고 정확히 대칭되는 이목구비. 앵두 같은 입술, 가는 목선, 파인 쇄골, 그리고 굴곡진…….

"굴곡진?"

시선이 굴곡진에서 멈췄다.

스페셜리스트가 보는 시선은 가냘픈 어깨에 가려진 흑발의 머리카락과 그 끝부터 이어지는 허벅지지만 한시민은 달랐다.

"……."

한시민과 카르디안의 시선이 마주쳤다. 아니, 카르디안의 시선이 한시민의 눈동자로 향했고 그의 눈동자가 향하는 곳으로 그녀의 시선도 자연스레 내려갔다.

"……."

불쾌한 눈빛이 한시민에게 쏘아졌다. 뻔뻔한 한시민은 피하지 않았다. 코끝을 찡그린 카르디안이 아공간을 열어 로브를 꺼내 걸쳤다.

그녀에게 나체에 대한 수치심 따위가 있을 리 없다. 다만 피한 건 한시민에게만 좋은 일이라는 느낌이 들었기 때문이었다.

"쳇."

다시금 얼굴만 드러난 로브의 미녀로 돌아오자 한시민이 혀를 찼다. 그러곤 이내 뿌듯한 표정으로 다가와 카르디안의 어깨를 두드렸다.

"훌륭한데?"

"……."

"쩝."

뒤에서 정현수의 본능적인 아쉬움이 들려왔지만 누구도 신경 쓰지 않았다.

차오르는 마력을 느끼며 카르디안이 본능적인 갈등을 겪었다.

'지금이면…….'

무슨 일인지 몰라도 한시민과 파티를 맺자마자 체력과 마력이 빠르게 차올랐다. 제약이 걸린 한계치 이상은 아니지만 처음 잠에서 깨었을 당시 수준까진 얼마 지나지 않아 가득 찼다.

그 정도면 충분하다. 왕국 하나를 날려 버리겠다는 의지로 메테오를 쓰지 않는 이상.

효율적으로 쓰면 여기 있는 인간들 모두와 건방진 인간 하나 처리하는 것쯤이야.

손가락이 근질근질했다.

"생각 잘해, 인마. 난 어차피 죽어도 다시 살아나면 그만이야. 그런데 넌 평생 마나 못 쓰게 되는데 괜찮겠어?"

물론 귀신같이 목숨의 위협을 감지한 한시민의 빠른 대처로 포기했다.

에휴.

한숨만 나온다. 몸이 회복되기만 하면 어떻게든 되리라 생각했었는데 잠시라지만 차오른 마력이 있어도 저 꼴 보기 싫은 인간에게 한 방 먹이지도 못하니.

살아 뭐 하나 싶은 생각도 든다.

"한번 보여줘 봐. 드래곤이 어떤 존재인지."

그런 그녀를 옆에서 한시민이 부추긴다.

악마의 속삭임.

서서히 보호막이 사라지고 당황한 표정의 사람들이 보인다.

카르디안이 한시민을 원망스러운 눈빛으로 힐끔 보며 두 손을 든다.

그래, 어차피 있어도 노예 없어도 노예인데 무시당하는 노예보단 '나 이런 노예'라는 인식이라도 심는 게 낫겠지. 스트레스를 많이 받기도 했고.

우웅—

두 손에 마력이 모여든다. 버프의 시간이 끝나 몸에서 빠져나가는 마력은 다시 바닥을 향해 추락하지만 신경 쓰지 않고 계속 뽑아낸다.

보여주리라. 한 방 먹이지 못한다면 얼빠진 표정 정도는 꼭 봐야겠다.

우우웅—

마나의 파동은 점점 심해졌다. 하나 사람들은 그걸 인지하기보다 드래곤이 사라진 것에 초점을 맞췄다.

"뭐지?"

"드래곤은?"

그 와중에 달라진 점을 파악한 소수는 이상함을 느꼈다.

"저 여자는?"

"그때 방송에 나왔던……."

이상함 속 끼워 맞춰진 퍼즐.

"피해!"

켄지가 소리쳤다. 동시에 카르디안의 두 손에 모였던 마나가 방출됐다.

영창, 시전. 그 모든 과정을 건너뛴 멀티 캐스팅과 즉발 시전.

쿠쿠쿠쿵-

땅이 뒤흔들리기 시작했다. 그리고 마른하늘에서 벼락이 내리쳤다.

콰지지직!

첫 번째 하늘의 심판!

눈에 보일 만큼 찌릿하고 거대한 벼락이 제물을 찾아 번개보다 빠르게 내리꽂혔다.

"으아아아악!"

그리고 한시민의 비명이 가장 먼저 울려 퍼졌다.

7

천둥이 한시민을 강타했다.

마른하늘에 날벼락!

정작 당하는 당사자는 자기가 벼락에 맞았는지도 인지하지 못하는 상황. 몇 초가 흐르고 체력 바가 바닥을 향해 내려가는 걸 보고서야 알았다.

"으아악!"

이런 미친 용가리가!

[치명상을 입었습니다!]

[상태 이상(기절)에 걸렸습니다.]

죽을 뻔했다. 죽었어도 이상하지 않았다.

기적이다. 살고 싶어 체력이 떨어지는 걸 본 순간 초보자의 단검에 있는 힐을 사용한 본능적인 움직임이 만들어낸 기적.

"……."

어이가 없고 황당해서 말도 나오지 않는다. 거칠게 카르디안을 째려봤지만 그녀는 뻔뻔하게 팔짱을 낀 채 턱을 추켜세우고 있었다.

"미안. 실수다, 인간."

"이런 개……."

"너무 오랜만에 마법을 써서 그럴 수밖에 없었다. 이해해라."

"두 번 실수했다간 줄초상 치르겠다."

저걸 죽여 살려.

아쉽게도 분노에 몸을 떠는 한시민에게 그런 중요한 문제를 결정할 시간은 주어지지 않았다.

쿠쿠쿵-

"빼애액!"

그녀의 마법은 단지 주인에게 복수하기 위한 일회성이 아니었으니까.

이제 시작이다.

땅이 갈라지고 벼락이 내리친다. 처음의 벼락은 앞으로의 재앙을 알리기 위한 신호탄이라는 걸 증명이라도 하듯 더 거칠게 쏟아진다.

콰지지지직!

"으아악!"

"도망쳐!"

드래곤 레이드?

지금 상황에서 그딴 걸 생각하는 자는 아무도 없었다.

오로지 생존. 갑자기 들이닥친 자연재해 속 살아남는 것에만 전념한다.

단결력으로 모였던 유저들이 언제 그랬냐는 듯 뿔뿔이 흩어져 도망친다. 그러면서 갈라지는 땅 밑으로 떨어지고 벼락에 맞아 죽어 나간다.

재앙은 한동안 계속되었다. 살아남은 자들이 범위 밖으로 도망치고 난 뒤에도, 사태를 추스르고 마지막 하루를 준비하는 그 순간에도.

한바탕 소란이 있었던 지역은 접근 불가 상태가 되었다. 많은 피해를 입었고 드래곤은 잡지 못했다. 그럼에도 마지막 날을 포기하지 않았다.

1점이라도 더 올린다.

최상위 유저는 변수를 없애기 위해, 상위 유저는 미묘한 격차를 어떻게든 뒤집기 위해. 100위권이야 두말할 필요도 없고.

물론 단 하루 만에 점수의 격차를 줄이는 건 쉽지 않다. 거의 불가능하다. 지금껏 유지되어 온 점수는 거의 모든 길드가 밤을 새우다시피 하며 사냥해 온 결과니까.

거기서 하루를 더한다고 갑자기 무언가가 달라질까?

드래곤에 의해 피해를 입은 규모에 따른 변수가 존재하겠지만, 그런 행운은 쉽게 찾아오지 않고 하루라는 시간 동안 확인하기도 힘들다. 각자의 피해 규모를 다른 길드에게 공개할 리도 없고.

그렇다면 변수를 뒤집을 가장 좋은 방법은 하나다.

상대방의 점수를 깎는 것, 혹은 이탈시키는 것.

최상위권이야 그런 혈투를 벌이면 오히려 손해이기에 자리를 지켰지만 100위권 부분은 말도 못 할 만큼 치열했다.

"죽여!"

"너 죽고 나 살자!"

해서 그 어느 때보다 순위 변동이 잦았다. NPC, 유저 가리지 않고 서로 만나면 싸움부터 일어난다.

그리고 그건 스페셜리스트와 켄지 길드도 피해갈 수 없는 운명이었다.

"와, 끝도 없이 달려드네."

"이 근처에 다들 몰려 있잖아."

"다른 데 가면 안 돼?"

"갈 시간 없어."

드래곤 어그로로 인해 추락의 산맥에 있는 길드들이란 길드들은 한곳에 다 모였다.

그런 그들이 벗어나 봐야 얼마나 벗어나겠는가. 기껏해야 1~2시간 거리다.

몬스터와 인간이 반반의 비율로 만난다는 뜻.

한시민이 머리를 굴렸다.

어떻게 해야 할까.

시작을 안 했으면 모를까 1등을 노리고 싶은 마음이 든 순간부터는 꼭 1등을 해야 한다. 가능성이 아예 없는 것도 아니다.

"오늘 산맥에 있는 몬스터 다 쓸면."

"에이, 그게 말이 돼?"

현재 스페셜리스트의 랭킹은 40위권.

카르디안과 파티를 맺은 상태에서 그녀가 쓴 마법에 유저들은 물론 그곳에 있던 몬스터들마저도 죽음을 피해가지 못해 생긴 일이다.

일시적으로 한시민에게 귀속되었다는 판정을 받은 것인지 몰라도 어쨌든 스페셜리스트에겐 마지막 희망의 불씨가 켜진 셈.

한시민의 머리가 빠르게 굴러간다.

어떻게 해야 황제의 등골을 조금이라도 더 뽑아먹을 수 있을까. 1등이 가능한 방법이 어디 있을까.

"아!"

머리가 터지기 직전 방법을 생각해 냈다. 이런 기발한 생각을!

"왜? 생각났어?"

"어, 이게 다 우리 디안이 덕분이다."

"……."

다시 바닥난 마력에 떨떠름한 표정을 짓고 있는 카르디안을 끌어당겨 안는다.

"오빠, 너무 사심 가득한 칭찬 아니야? 나나 설아 언니는 잘해도 칭찬도 잘 안 해주더니 차별하냐!"

"너도 내 펫 하든지."

"됐어. 오빠 펫 했다가 무슨 꼴을 당하려고."

가볍게 항의하는 강예슬을 무시하며 카르디안의 눈을 마주친다.

가까운 거리에서 마주하는 당당하고 간절한 눈빛. 그걸 본 카르디안의 눈동자가 파르르 떨렸다.

"또, 또 뭐! 또 뭐 시키려고!"

말하지 않아도 알아요.

나름 가식적으로 안심시키기 위해 지어진 인공적인 미소와 탐욕적인 눈빛만 봐도 불안하다.

불안한데 이런 중요한 순간에 그녀에게 포옹까지 하며 과도한 친절을 베푼다. 이것이 의미하는 바를 드래곤이 이해하지 못할 리 없다.

"해줄 거지?"

"……."

이해는 했는데 도망칠 방법이 없다. 무언의 맹약도 그렇고 그녀의 어깨를 움켜쥔 한시민의 손도 그렇고.

이래서 갑자기 다가와 팔자에도 없는 포옹을 한 것이구나. 역시 악마.

미녀에게서 쏟아져 나오는 원망의 눈초리는 보통 남자는 견디지 못한다. 하나 한시민은 끄떡도 없었다.

"해주는 거지?"

"……."

"고마워."

스페셜리스트의 마지막 하루 일정이 결정되었다.

8

재앙의 땅.

카르디안이 만들어 놓은 천둥과 지진의 땅에 붙여진 이름이다.

발걸음을 내딛기도 두려운 그 땅은 생명체가 아무도 없음에도 계속해서 갈라지고 내리친다.

당연히 가까이 가기조차 꺼려지는 그곳이지만 대부분의 길드는 주변에 길드원 한 명씩은 정찰조로 보내 그 땅을 감시하게 했다.

이유는 간단하다.

혹시 모르니까.

드래곤 레이드는 실패했지만 드래곤은 죽어가고 있었다.

마지막 꺼림칙한 장면의 진실을 아는 자야 켄지를 비롯한 소수에 불과하고, 나머진 그저 죽어가는 드래곤의 마지막 발악 정도로만 생각한다.

그렇다면 그 재앙이 끝나면?

드래곤이 자살을 했을 리는 없으니 죽어가는 드래곤이 어딘가 있을 것이다. 아니, 죽었어도 사체라도 건지자.

그런 의미에서 사람을 붙여놓았다. 여차하면 선발전이 끝나고 난 다음에라도 재앙이 끝난 땅을 탐색하기 위해.

"적당히 하자."

"우리야 선발전하곤 상관없잖아. 괜히 재앙 끝나지도 않았는데 문제 일으키지 말고 좋게 좋게 정찰만 하자."

해서 정찰병들은 서로 싸우지 않고 거리를 두었다. 가끔 음식도 나눠 먹고 넓디넓은 영역을 함께 정찰하며 다가오는 몬스터를 처치하기도 하고.

원래 세상 이치가 그런 것이다. 피 터지게 싸우다가도 원하는 게 같으면 손을 잡기도 하는.

그렇게 몇 시간 정찰하던 그들의 눈에 이상한 게 보였다.

"응?"

"뭐지?"

"사람인데?"

이상하진 않다. 저 멀리 다가오고 있는 것들은 분명 사람이었으니까.

사람이 이상할 리는 없다. 온갖 말도 안 되는 형태를 가진 몬스터를 만나는 마당에 인간이 이상하면 그건 정말 정신에 문제가 있는 것.

다만 이상하다고 느낀 점은 그들이 본 상황이다.

"엥?"

"들어가?"

"뭐야?"

세 명의 인간이 망설임 없이 재앙의 땅에 들어갔다. 말리고 자시고 할 시간도 없이 벌어진 일이다.

"……?"

정찰병들이 서로를 번갈아 보았다.

내가 잘못 본 건가?

"봤지?"

"분명."

서로가 본 걸 공유하고 고개를 끄덕인다.

그들이 본 상황은 결코 환각이나 착각이 아니다.

"……."

확신을 갖고 나니 소름이 돋았다.

"뭐지?"

"자살?"

물론 재앙의 땅에 들어가면 무조건 죽으리란 법은 없다.

땅이 갈라지고 천둥과 번개가 내리치는 것에도 주기가 있고 범위가 있기에.

당장 수백, 수천 명이 넘는 사람이 모두 죽지 않고 마법의 근원지로부터 꽤 먼 거리까지 달려 나와 산 것만 봐도 알 수 있다.

하나 거기에 다시 들어가다니. 패턴도 없고 범위도 랜덤인 구간에.

정찰병들이 서둘러 사람들이 들어간 자리로 향했다. 당연히 재앙의 땅에 들어간 사람들은 이미 보이지 않는 상태. 서둘러 자신들의 길드에 보고했다.

-나오는지 확인해!

모든 정찰병에게 새로운 임무가 주어졌다. 서로의 시선들이 복잡하게 얽혔다.

새로운 임무에 따른 새로운 관계가 정립된다.

어떻게 해야 할까.

고민하던 정찰병들이 손을 내밀었다.

"공유하자."

길드에 해를 끼치는 것도 아니고 어차피 다 보고해야 할 사항인데.

다들 고개를 끄덕이고 흩어졌다. 그리고 몇 시간 뒤, 그들 중 한 명이 소리쳤다.

"여기! 여기야!"

재앙의 땅에 들어갔던 세 사람이 살아 나왔다. 온몸이 그을리고 흙투성이가 된 채.

정찰병들이 급하게 집결했다.

대형 길드를 비롯해 재앙의 땅에 정찰병들을 붙여놓았던 길드들에 비상이 걸렸다. 사냥하고 있던 길드의 책임자급 되는 자들은 서둘러 재앙의 땅으로 향했다. 그런 다급한 움직임은 자연스럽게 소문이 퍼졌다. 다시 시선이 재앙의 땅으로 향했다.

"정말 저 안에서 이걸 구했다고요?"

"네, 마지막 날이고 순위는 뒤집고 싶은데 그러기엔 저희 숫자도 적고 그렇게 강한 것도 아니라 포기해야 하나 고민하다가 마지막으로 한번 목숨 걸고 해보자 싶어서 들어간 건데 한 30분쯤 걸어가다 보니 이게 있었어요."

"……드래곤 비늘."

"뭐, 더 탐색하고 싶은 마음이 없는 건 아니었지만 이걸 건졌으니 순위에 굳이 목숨을 걸지 않을 것 같기도 하고 나왔죠."

"……."

한 명씩만 왔음에도 수십 명이 모인 자리에서 태연하게 거짓말하는 강예슬.

그녀의 손에 들린 건 분명 칠흑의 드래곤 비늘이었다.

"한번 봐도 되겠습니까?"

"어허! 아무리 대형 길드라 해도 너무 양심 없이 도둑질하려는 거 아니에욧?"

"죄송합니다."

다들 눈에 탐욕이 담겼지만 선불리 움직이는 이는 없었다.

여긴 그들만 있는 게 아니다. 웬만한 대형 길드는 다 있다. 그런 자리에서 생각 없이 행동하는 건 다른 길드에게 빌미를 제공하는 것.

찝찝한 분위기에 맞춰 강예슬이 두려운 척 정현수의 등 뒤로 숨었다.

"오빠, 언니. 빨리 가자. 나 무서워서 여기 더 못 있겠어."

"그래, 길드 선발전은 여기까지만 하자. 드래곤 비늘이면 투자한 시간은 충분히 보상받았어."

"아쉽긴 하네. 조금 더 들어갔으면 몇 개 더 주워 오는 건데. 하필 지진 때문에 땅이 갈라져서."

그러곤 유유자적 자리를 벗어난다. 거대한 떡밥을 툭 던지며.

"……!"

그걸 물지 않을 물고기는 없었다. 스페셜리스트가 목숨을 걸고 던진 미끼는 대형 길드를 비롯한 그 누구도 놓치기 싫어하는 것이었으니까.

드래곤!

향방을 알 수 없는, 아니, 생사를 알 수 없는 용의 상태와 위치!

그 힌트가 방금 스페셜리스트의 입에서 나왔다.

동맹을 맺었던 정찰병들이 언제 그랬냐는 듯 흩어져 자신의 길드 담당자들과 합류했다. 동시에 눈치 싸움과 길드 대화가 시작되었다.

시간 싸움이다.

"언니, 이렇게 시민 오빠랑 3년만 게임 하면 나 아빠 회사 물려받고 세계적인 기업으로 키울 수 있을 것 같아."

"……."

그걸 보며 강예슬이 고개를 저었다. 이미 한 번 써먹은 떡밥이고 사기 수법이다. 그런데도 의심도 않고 몰려드는 꼴이라니.

"인간이란 참 간사해."

"너도 드래곤 비늘 준다니까 목숨 걸고 들어갔잖아."

"쉿, 현수 오빠. 그런 건 얘기 안 해도 돼."

자리를 깔고 앉아 제 발로 재앙의 땅에 기어들어 가는 사람들을 보며 팝콘을 뜯었다.

일단 여기까지는 성공했다.

남은 건 한시민의 몫. 하나 누구도 한시민의 성공을 의심하는 이는 없었다.

9

재앙의 땅에 길드들이 몰리기 시작했다.

다시 한번 며칠 전의 악몽이 재현되는가.

모두가 긴장했지만 이번엔 마찰은 없었다. 다들 눈치만 보며 재앙의 땅에 슬그머니 들어갔다.

지금은 싸울 때가 아니다. 어차피 목숨을 걸고 들어가는 땅이다. 굳이 들어가기 전부터 인간들끼리 치고받고 싸우며 죽음을 앞당길 필요는 없지 않은가.

무언의 합의와 함께 일확천금의 꿈을 다시금 품고 하나둘 길드들이 들어가기 시작했다.

물론 전부는 아니었다. 대형 길드 대부분은 밖에서 진을 치고 기다렸다.

현명한 선택.

"나오면 친다."

"드래곤 잡는 대박을 꿈꾸느니 순위 하나를 포기하고 드래곤 사체를 건진다."

기회비용을 비교했을 때 이편이 훨씬 이득이라 판단했다.

옳은 선택이다. 때릴 수도 없는 천둥과 지진에 맞서 쉐도우 복싱 하는 것보다야 압도적인 숫자와 힘으로 밟을 수 있는 인간들을 상대로 싸우는 편이 훨씬 가능성이 높으니까.

물론 안에 들어간 사람들도 그를 생각하지 않았을 리는 없다.

결국 두뇌 싸움이다. 누가 더 머리를 굴리느냐.

남은 시간은 한나절. 치열한 눈치 싸움이 시작됐다.

그렇게 초점이 다른 쪽으로 이동되어서일까. 그들은 차마 생각지 못했다. 단 하나의 변수를. 애초에 이곳이 재앙의 땅이 아니라 기회의 땅이 될 수 있다는 제보가 거짓일 수도 있다는 의심을.

그만큼 시간은 촉박했다. 작은 의심 따위에 신경 쓸 여력이 없었다.

그건 켄지 길드도 마찬가지였다.

"이제 됐겠지?"

"……진짜 해?"

"그럼 진짜로 하지. 가짜로 하려고 했어?"

"감당할 수 없을지도 모른다."

"그건 인마, 내가 판단하고."

정설아로부터 신호를 받은 한시민이 깊게 호흡을 들이마셨다. 사람들이 바글거리는 재앙의 땅과 달리 이곳은 푸르고 쾌적하며 바람에 흩날리는 나뭇잎 소리가 청아하게 들릴 정도로 고요하다. 불과 몇 시간 떨어져 있지 않은 장소임에도.

당장 1시간 전만 해도 지나가다 인간을 만났던 걸 생각하면 놀라운 변화.

"시간 얼마 없어. 빨리 끝내야 해. 기회는 딱 4번."

"……."

하나 그것에 기뻐할 여유가 없었다. 길드들을 유인한 건 그들끼리 치고받고 싸우다 다 죽어버리라는 게 아니기 때문.

그러면 좋긴 하겠지만 그 정도 가지고 다 죽지도 않을뿐더러 벌어진 격차를 줄이기엔 역부족이다. 그저 시선 끌기용일 뿐이다. 방해꾼들을 다른 곳으로 치워 버리기 위한.

그게 성공했으니 이제 남은 건 본격적인 사냥뿐. 한시민이 서둘러 카르디안을 닦달했다.

"빨리, 빨리."

"……하아."

찝찝함을 넘어 아니꼬운 표정으로 한시민을 노려보는 카르디안.

다급하고 1초를 서둘러야 하는 상황임은 잘 알지만 정말 이런 명령을 받을 때면 한숨이 나올 수밖에 없다.

"드래곤 피어를 고작 인간의 사냥을 돕는 데 쓰라니."

"왜, 뭐, 왜! 그래서 싫어? 거부하는 거야?"

"……."

드래곤 피어.

드래곤만의 고유 권한이자 절대자의 위엄이다.

사용이라기보다 몸에 깃들어 있는 품위와 권위고, 그보다 격이 낮은 존재에게는 절대적인 공포와 두려움을 심어주는 그야말로 사기급 스킬.

그런 걸 고작 몬스터들을 모으는 데 쓰란다. 어느 드래곤이 달갑게 써주겠는가. 안 그래도 요즘 인간의 손에 이리저리 끌려다니며 이용당하면서 품위가 손상되어 쪽팔려 죽을 지경인데.

드래곤 피어까지 남발하며 몬스터들의 죽음을 방조한다?

"하아."

문제 될 건 없다. 어차피 드래곤의 눈엔 인간이나 다른 몬스터나 거기서 거기인 하찮은 존재들이니까. 누가 누굴 죽이든, 그 과정에서 그녀가 끼어들었든 죄책감을 느낄 필요는 없다는 뜻이다.

다만 아니꼬울 뿐이다. 이용당하는 게.

하지만 어쩌겠나.

"알았다."

까라면 까야지.

한 손에 드래곤 하트가 든 상자를 쥐고 흔드는 한시민을 보며 목을 가다듬는다.

어째 한시민을 만나고부터 마력이 제대로 찬 적이 없는 것 같은 느낌은 가볍게 무시하며 온몸의 마력을 긁어모은다.

"그러고 쓸 수 있는 거야?"

"피어는 고유 권한이다."

"그 얼굴로 '크롸롸' 이러면 좀 이상할 것 같은데."

그러곤 시비 거는 한시민을 무시하며 소리친다.

—야! 다 모여!

"……?"

가녀린 목소리에 담긴 거친 파동이 마력을 타고 온 산맥에 울려 퍼졌다. 동시에 의심스러운 한시민의 눈빛이 그녀에게 꽂혔다.

"너 나 놀리려고 그러는 거 아니지?"

"흣."

그런 눈빛에 카르디안이 어깨를 으쓱인다. 기다려 보라는 자신감.

잔뜩 인상을 찌푸린 한시민의 표정을 보니 기분이 좋다. 아무리 파티 상태라 해도 피어의 영향에서 완전히 벗어나진 못했을 테지. 그러다 흠칫했다.

언제부터일까. 한시민의 고통이 그녀의 기쁨으로 다가온 게.

뭔가 찝찝한 현실이었지만 깊게 받아들이진 않았다. 그보다 더 재미있는 구경거리가 다가오고 있었으니까.

두두두두두!

땅이 진동한다. 단순히 발 구름만으로 땅을 진동시킬 만큼의 숫자가 온다!

의심스러운 눈빛으로 보던 한시민의 표정이 가볍게 굳었다. 그러곤 이내 굳은 표정 속 한 줄기 미소가 번졌다.

"재밌겠다."

수달이의 광석이 빛나며 마지막 하루의 서막이 열렸다.

10

길드 선발전의 끝.

치열했고 짧지만 길었으며 역대 선발전 중 가장 많은 변수와 피해가 있었던 경쟁전의 마지막 목적지는 황궁이었다.

고생했으며 이만큼의 성과를 냈다고 황제에게 인정받는 자리.

하나둘 황궁에 입궁하는 자들의 몰골 중 제대로 된 자는 하나도 없었다. 그만큼 난이도가 높았다는 뜻. 심지어 대형 길드들마저 몸이 성한 자를 찾아보기 힘들 정도니 말 다 한 것이다.

그런 모습들이 황제는 뿌듯했다. 비록 많은 사람이 죽었지만 그만큼 강해졌을 것이다.

성장의 발판!

이런 이벤트들이 쌓이고 쌓여 결국 대륙의 전체적인 전력을 상승시켜 줄 테고 언젠가 닥쳐올 대륙의 위기도 미리 대비할 수 있겠지.

생각하니 기분이 좋아졌다.

"선발전 보상의 범위를 넓히고 높이겠다."

"예, 폐하."

통이 큰 황제가 자연스럽게 선심을 썼다.

한시민과 스페셜리스트도 재회했다.

"예슬아, 설아 씨."

"헉! 시민 오빠?"

하마터면 보고도 그냥 지나갈 뻔했을 만큼 말이 아닌 몰골의 한시민!

"푸하하! 누가 보면 선발전 혼자 제일 열심히 한 줄 알겠네."

"내가 제일 열심히 하긴 했지."

뻔뻔함이 하늘을 찌른다.

당연한 이야기!

아무것도 안 하고도 자신의 공이라 우기는 마당에 이번 선발전엔 상당히 열심히 참여했다. 그 결과, 온몸에 먼지를 뒤집어쓰고 거기에 오만가지 몬스터들의 피까지 떡칠을 한 상황이니.

"가서 빨리 씻어, 오빠."

"조금 이따가 보자. 얘네 좀 데리고 있어줘."

빼액이와 수달이를 강예슬에게 건넨 한시민의 발걸음이 황궁으로 향했다.

그 뒤를 카르디안이 따랐다.

"그런데 디안이 언니는 왜 같이 가지?"

고개가 절로 기울어지는 전개와 의문. 정현수가 대수롭지 않게 의문을 풀어주었다.

"노예라잖아."

"……."

"그러네."

뭔가 아니꼬운 해답인데도 반박할 수가 없다. 왠지 따라가야 할 것만 같은 느낌이 두 여자에게 들었지만 따라붙지 못했다.

목욕탕에 가는 것일 텐데 따라간다?

게임이니 그래도 상관은 없다. 현실감이 넘치다 못해 폭주하기에 현실과 마찬가지로 사랑하는 남녀가 게임을 200% 즐길 수 있는 장치도 마련되어 있고. 정설아나 강예슬 성격에 그러지 못할 이유도 없고.

다만 망설이는 건 다른 이유에서였다.

"언니, 가지 않는 게 좋겠지?"

"궁금하긴 한데."

이미 길드 선발전에서 카르디안의 우월함을 목격한 뒤다. 괜한 패배감이 들 것만 같달까.

결코 어디서 밀려본 적이 없는 두 여자가 침울하게 집합 장소로 걸음을 옮겼다.

황족들에게만 허용된 황궁 내부의 방.

들어가자마자 옷을 내던지며 욕실로 들어가려던 한시민이 멈칫했다.

"넌 왜 따라 들어오냐?"

"나도 씻어야지, 인간."

"웃기고 있네. 수발들 거야?"

"……."

"드래곤 하트는 내 아공간에 있으니까 수작 부리지 마라."

"수컷들이 좋아할 만한 몸인데. 아닌가?"

"한 번 품고 드래곤 하트를 줄 만큼은 아냐."

"원하는 만큼 수발을 들 수 있다."

"즐."

유혹하는 카르디안에 단호하게 대처하며 욕실로 들어간다.

"쳇."

어느새 흘러내린 로브를 다시 추어올리며 카르디안이 혀를 찼다.

역시 평범한 인간은 아니다. 쉬우리란 생각도 않았지만 이 정도일 줄이야. 자연스럽게 다가왔다 생각했는데.

아쉬움을 떨쳐 버리며 손가락을 튕겼다. 그와 함께 그녀의 몸에 묻어 있던 먼지와 흙들이 깨끗이 씻겨 나갔다. 여기저기 내던진 한시민의 방어구들 역시 마찬가지.

"룰루, 룰루. 멍청한 드래곤은 내 노예. 뼛속까지 벗겨 먹어

건물 사고 연금 들고 오래오래 먹고 살자!"

"……."

그러곤 침대에 걸터앉아 욕실에서 흘러나오는 한시민의 콧노래를 들으며 기다렸다.

'드래곤 하트만 받으면…….'

진짜 언젠간 꼭 시원하게 죽빵 한 대 날린다.

맹약에 버금가는 굳은 의지를 다졌다.

11

모두가 모인 자리는 길드 선발전 시작 때보다 많이 비어 있었다.

하나 분위기는 한결 날카로워졌다.

목숨을 건 한 달간의 몬스터들과의 전투. 전체적인 단결력과 삶에 대한 애착이 높아졌으리라.

"모두 수고했다."

그런 그들에게 황제가 짧고 굵게 치하했다.

황제의 진심을 받은 자들이 한쪽 무릎을 꿇고 진심에 화답했다.

훈훈한 모습!

목숨을 노리고 검을 겨눴던 자들 간에 끈끈한 유대감이 보이지 않게 형성되었다.

어찌 됐든 이기기 위해 경쟁자를 죽이기도 했지만 결국 모두 추락의 산맥이라는 위험한 사냥터에서 살아나온 자들이다. 비록 최종 목표인 드래곤 레이드를 성공하지는 못했지만 마지막 날 재앙의 땅에서 마주했던 얼굴들은 애증으로 가슴 속 깊이 남을 것이다.

물론 감동은 거기까지였다.

"순위에 맞게 공평한 보상을 내리겠다."

결국 경쟁 사회다. 훈훈이고 자시고 순위는 뒤집지 못한다.

대형 길드들은 자신들의 숫자를 보며 미소를 감추지 못했다.

드디어 길고 길었던 길드 순위를 뒤집는 날이 오는구나.

1위 길드 마스터는 당당히 앞으로 나서 황제에게 모든 영광을 선사받았다.

"이번 선발전은 상당히 만족스러웠던 바, 10위까지 보상을 내리겠다."

"……!"

원래 100위까지 제국에서 이런저런 소소한 혜택을 받을 수 있다.

하나 1위의 것에 비할 바가 아니었는데 이번엔 10위까지 그보단 덜 하지만 입이 벌어지는 혜택을 제공하겠다는 뜻!

"와아아아!"

대상에 포함된 각 길드원들의 환호가 천지를 울렸다.

"오예!"

그 사이엔 강예슬의 것도 포함되어 있었다. 아니, 스페셜리스트 전체가 환호했다.

"봤냐? 봤지? 오라버니가 이 정도다."

"와, 오빠. 사랑해!"

아쉽게 1등은 놓쳤지만 9위라는, 모험가 길드로서 감히 누구도 상상하지 못했던 순위에 이름을 올린 한시민이 어깨를 폈다.

"수달이 버프 쿨타임이 1시간만 짧았어도 1등 할 수 있었는데."

"9등도 충분해요. 고마워요, 시민 씨."

"별말씀을, 하하."

다 돈 받고 하는 짓인데요, 뭘.

편 어깨를 움츠릴 생각은 않은 채 생색을 마음껏 부렸다.

만족스러운 길드 선발전이었다. 레벨도 잔뜩 올렸고 카르디안이라는 드래곤과의 일방적인 인연도 맺었고.

무엇보다.

"정산하려니 입이 찢어지네, 찢어져. 내 통장 배 터질지도 모르니 진짜 건물 하나 사야겠다."

"제가 도와드릴게요."

"고마워요, 설아 씨. 제가 그럼 밥 한 끼 살게요."

아직 진짜 보상은 받지도 않았다. 한 달이라는 시간 동안의 정산.

미소가 떠나지 않는 한시민의 눈빛이 아까부터 그를 노려보고 있는 켄지에게 향했다.

웃으며 손을 흔들어주었다. 그리고 멀리 있어 들리지는 않겠지만 그에게 다시 한번 상기시켜 주었다.

"황제 판 거 잊지 않았지?"

Episode 36.

내놔

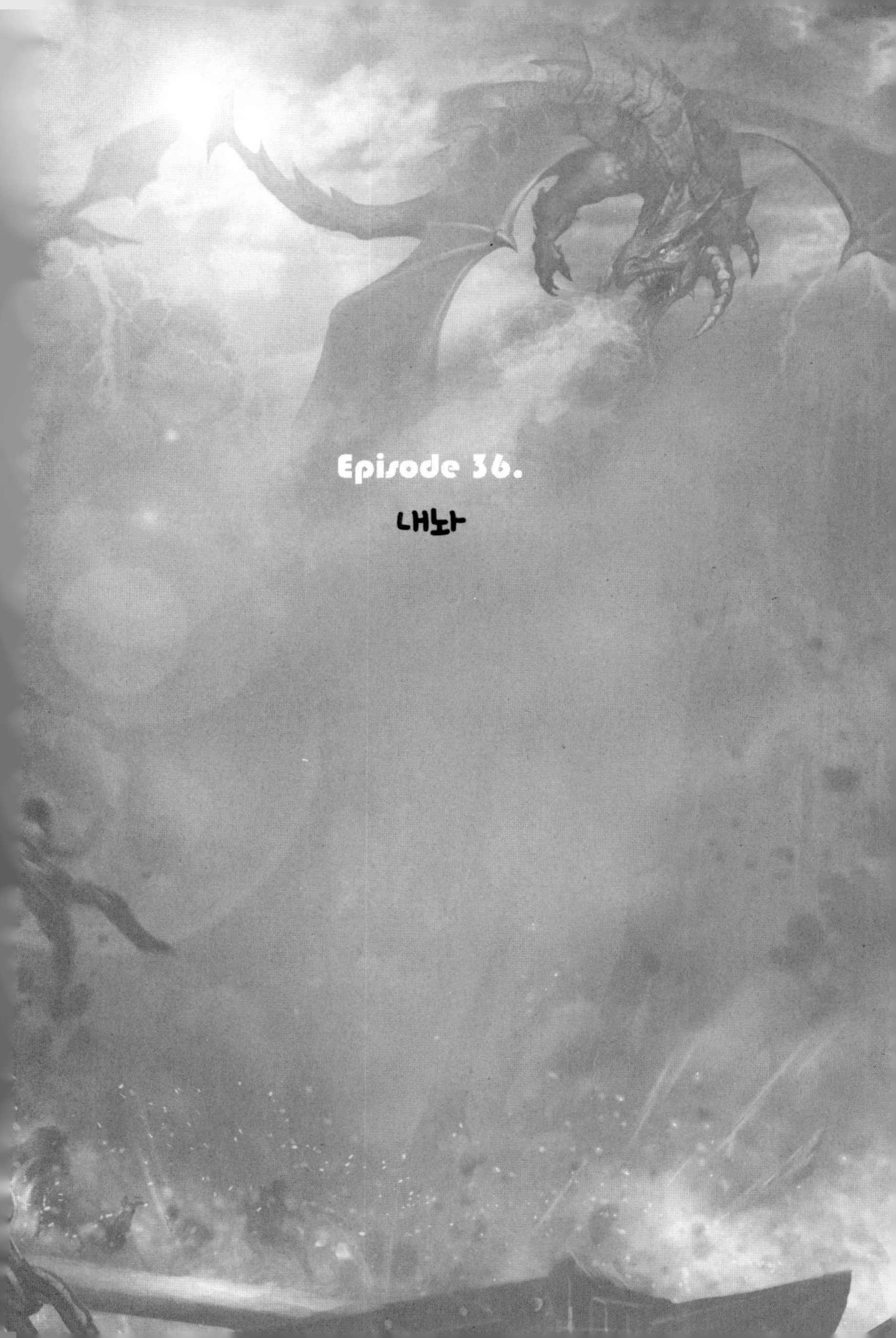

1

켄지에게 웃어주며 얼마를 뜯을지 계산을 시작한다.

그러는 사이 정설아가 단상으로 나가 2위부터 10위에게 주어지는 간단한 보상을 받는다.

보상을 받는 그녀의 입가엔 미소가 떠날 생각을 않았다. 다시커먼 남자들뿐인 단상에 화사한 미소가 만개하자 보는 이들 또한 그동안의 고생을 보답 받는 기분이었다.

그 정도로 9위라는 명예는 대단했다. 정설아도 웃음을 감출 수 없게 만들 정도로.

황제가 직접 하사하는 보상보다 더한 무형의 가치가 넘쳐 난다.

당장 판월 커뮤니티에 길드 랭킹 명예의 전당이 만들어져 올라가고 무엇보다 게임 내에서 모험가라는 불리한 신분에서 조금이나마 벗어날 수 있게 된다.

아니, 스페셜리스트는 이제 완전히 모험가의 페널티를 벗었다.

그냥 9위도 아니고 대륙 전체 길드 랭킹 9위니까. 누가 감히 길드 랭킹 9위의 사람들에게 모험가라는 이유만으로 무시하고 수군대겠는가. 존경하지 않더라도 두려워서라도 그럴 수 없다.

"고마워요, 시민 씨."

"고맙긴요. 다 돕고 사는 인생이지."

"세금이랑 건물 구입 문제는 걱정 마세요. 이미 아빠한테 말해뒀어요. 조만간 현실에서 한번 봬요."

"네."

그렇게 기브 앤 테이크가 오늘도 충실하게 지켜진 스페셜리스트의 길드 선발전은 끝이 났다.

"……."

멀리서 주먹을 쥔 채 노려보는 켄지의 분노와 함께.

"길마님, 그냥 저렇게 두실 겁니까?"

다이노가 입술을 깨물며 물었다.

이번에도 또 졌다. 분명 이길 수 있었던 경쟁이다. 계산상으로도 완벽했고 실제로도 초반부터 빠르게 치고 올라가 스페셜리스트를 오랜만에 머릿속에서 지울 만큼의 격차를 벌려 놨었다.

그랬었다, 분명.

그런데 어느 순간 놀리기라도 하는 듯 치고 올라오더니 마지막엔 역전하는 것도 모자라 9위까지 날아가 버렸다. 켄지 길드와의 경쟁 따위는 애초에 신경도 쓰지 않았다는 듯.

그게 가장 자존심 상한다. 나는 상대를 경쟁자라 생각하는데 정작 상대는 비웃는, 그런 느낌이랄까.

여전히 켄지 길드의 이름은 100위 안에 올라 있고 유저 길드로서는 굉장히 영광스러운 업적인 데다가 유저 길드 랭킹 2위도 결코 무시할 정도는 아니다.

하나 1위와 2위의 차이다.

9위와 70위의 차이다.

절대적으로 보면 대단한 성적이지만 상대적으로 보면 그리 잘한 것도 아니다. 해서 더 허탈했다.

다행히 허탈에서 끝내진 않았다.

"드래곤이 등장하고부터였습니다."

"블랙 드래곤. 어떻게 된 일인지 몰라도 블랙 드래곤이 스페셜리스트 쪽에 붙어 있습니다."

"어떻게 하실 겁니까, 길마님."

"이미 지나간 배, 되돌릴 순 없겠죠."

켄지와 다이노는 그럴 만큼 나약하지 않다.

현실을 인정하고 미래를 본다.

복수면 복수, 성장이면 성장. 현실을 받아들이는 자들만이 가능한 일.

"이미 조치를 해놨어요. 스페셜리스트와 블랙 드래곤. 물증만 없지 이미 본 사람들은 차고 넘치니까."

"역시 길마님. 어차피 판타스틱 월드 시나리오는 이제 중반부를 향해 달려가고 있으니 너무 조급하게 달리지 않으셔도 됩니다."

"예, 그래야지요. 마지막에만 웃을 수 있으면 그게 승자죠."

"끝까지 제가 함께하겠습니다."

"다이노가 있어 든든하네요."

"가시죠."

위안하며 이를 갈았다. 그리고 기도했다. 꼭 그들의 마지막 발악이 먹혀 저 꼴 보기 싫은 한시민의 표정이 굳게 해달라고.

"황제도 사위라고 쉽게 용인하고 넘어가진 못할 겁니다. 변절자와 손을 잡은 인간이라니. 그건 황제가 가장 싫어하는 부류의 인간이니까요."

아쉽게도 확실한 물증은 없다. 다만 이미 수많은 이가 봤다. 드래곤이 사라지고 나타난 여인이 사용하는 고차원 마법들을. 그로 인해 여전히 추락의 산맥 일정 부분은 생명체가 다가가지 못하는 재앙의 땅으로 변해 있음을.

그 정도면 충분하다. 카더라 통신에 이만한 추론은 충분을 넘어 사치다. 그렇게 만족하며 켄지 길드도 황궁을 떠났다.

시끌벅적하던 길드 선발전의 폐막이었다.

스페셜리스트도 메인 퀘스트 3막을 준비하겠노라 리치 영지로 떠났다.

한시민도 이것저것 할 일이 산더미처럼 쌓여 있었고 무엇보다 켄지와의 정산을 끝내야 했지만 가장 먼저 황제를 만났다.

"어때요, 사위가 체면 좀 세워줬죠?"

"……."

"아쉽네. 시간 조금만 더 있었으면 1등 하는 건데. 다음에 열릴 땐 어떻게 하는 건지 대충 감 잡았으니 1등 해드릴게요."

생색을 내기 위해.

"수고하셨어요."

"오, 공주님은 날이 갈수록 예뻐지네?"

"어머, 부끄러워요."

"부끄럽긴. 부부 사이에."

그리고 공주를 보기 위해.

바쁜 나날 속에서도 가정을 지키려는 가장의 노력!

'열심히 호감도 올려놔야 나중에 대륙 먹을 때 편하지.'

가식일지언정 이렇게 편한 가식이 어디 있는가!

예쁘고 몸매 좋고 사근사근한 데다가 그에게 호감까지 보인다. 가식으로 시작해도 진심이 될 만한 상황.

"흠."

깨를 들들 볶는 둘을 보며 황제가 불편한 기침을 내뱉었다. 그러고는 침착하게 물었다.

"블랙 드래곤과 손을 잡았다는 게 사실이냐."

목소리에 담긴 은은한 분노는 이미 확신이 있었다.

공주가 있어 참는 것이다. 없었으면 당장 열 번은 때려죽이고 시작했을 만큼 황제의 표정은 진지했다. 아니, 확신을 가지면서 동시에 확신하지 못하는 것일 수도 있다.

증언을 꽤나 신빙성 있을 만큼 들었지만 양쪽 말을 모두 들어봐야 하는 거니까.

그만큼 중요한 사안이다.

변절자와의 동맹.

이것이 의미하는 바는 하나다.

해서 황제의 성격을 꾹꾹, 공주라는 변명을 내세우며 눌러 담고 묻는 것이다. 진실을 알고 싶기에.

분노함과 동시에 궁금했다.

만약 진짜라면 왜? 블랙 드래곤, 수백 년 전 대륙에 그 어떤 마족보다 악명을 떨치던 존재가 어째서?

고작 인간을, 그것도 햇병아리 모험가를.

인간 중 누군가와 계약을 맺을 것이었으면 충분히, 몇 배는 더 강한 용병들이 모두 그의 앞으로 향했었지 않은가.

그 혼란을 벗고 싶었다. 속 시원하게 듣고 싶었다.

아니라고 부정할 수도 있겠지.

아니라고 부정하는 게 맞다. 차라리 그랬으면 좋겠다는 생각도 들었다. 그러면 억지라도 믿을 수 있을 테니까.

"네."

"……네?"

하나 한시민은 그런 황제의 바람을 깔끔하게 걷어차고 고개를 끄덕였다. 제보를 받고 며칠 동안 한참을 고민했던 그의 두통을 비웃듯.

"얘가 블랙 드래곤인데요?"

"……."

그러고는 뒤에 따라온 카르디안의 로브를 걷었다.

"……!"

공주가 놀랄 만한 미녀의 모습이 드러났다. 동시에 황제는 할 말을 잃었다.

뭐지? 이 상황은 어떻게 받아들여야 하지?

혼란 속 한시민은 태연하게 대처했다.

"먼저 말씀드리려 했는데. 인사드려. 내 장인어른."

"네가 대륙의 주인이군."

"……."

아쉽게도 태연한 건 그뿐이었다.

"서, 서방님. 이 여자는 누군가요?"

"……."

아니, 공주도 포함해 둘.

상황에 적응을 못 하는 건 황제뿐이었다.

2

황제는 지끈거리는 두통에 머리를 지압했다.

"후."

그러지 않고서는 매번 한시민을 만날 때마다 겪는 스트레스를 감당할 수 없을 것만 같았다.

드래곤이라니.

"그러니까 저게 드래곤이라?"

"네, 제 노예예요."

"……."

블랙 드래곤 카르디안.

역사서에 오른 한 줄의 이름은 분명 공포의 대상이다. 그저 읽는 것만으로 그녀의 악행에 온몸에 소름이 돋고 마주하면 몸이 떨릴 것만 같다.

한데 눈앞에 앉아 있는 카르디안은 그렇지 않다. 처음 그녀가 블랙 드래곤이라는 사실을 알았을 땐 그랬는데 시간이 잠깐 흐르니 진정이 되었다. 그건 아마 이런 비현실적인 상황 속 정상인 게 황제 그뿐이라는 걸 인지하고 난 뒤부터였을 것이다.

"서방님, 진짜 노예죠?"

"응, 그럼. 난 바람 같은 거 안 피우는 거 알지?"

"네, 믿어요."

위기감에 한시민에게 달라붙어 카르디안을 경계하는 공주. 태연하게 받아주며 카르디안에게 차를 내오라 부리는 한시민.

거기서 황제가 진지하게 오버하면 어떻게 되겠는가.

오버하고 자시고도 없다. 여기서 그런 그의 호통에 움찔할 사람은 아무도 없으니까.

"하아."

"그러니까 어쩌다 보니 얘하고 만났고 과거 죄를 뉘우치고 싶어 하기에 제가 말했죠. 내 밑으로 들어와라. 난 대륙을 위해 일하고 뛰어다니는 영웅이니 나와 함께 대륙을 지키자. 그렇게 노예가 된 거죠.”

“…….”

그렇다고 저런 말도 안 되는 스토리를 믿고 싶지도 않았다. 하나 결국은 믿거나 말거나 선택을 해야 했다.

분명한 건 제보가 들어왔고 그의 머릿속에도 이미 한시민은 대륙을 공포로 밀어 넣었던 변절자와 손을 잡아도 절대 이상하지 않을 놈이라는 인식이 틀어박혀 있기에.

충분히 그러고도 남는다.

문제는 주체가 누구냐는 것이다.

갑!

드래곤과 인간의 사이에서 갑을 판단한다는 것 자체가 웃긴 일이지만.

‘확실히…….’

잠깐 본 그림은 분명 한시민이 갑이다. 카르디안이 드래곤이 맞으면 이런 연기를 할 리가 없다.

“디안아, 짖어봐.”

“…….”

“어쭈?”

“……멍.”

절대.

결국 황제는 인정할 수밖에 없었다.

“사실 이거 진작 밝혔으면 제가 1등이잖아요. 그런데 일부러 안 밝혔어요. 나중에 마족들 넘어오면 요긴하게 쓰일 때가 있을 것 같아서. 하, 그런데 의심이나 하시고. 보나 마나 켄지 길드 그 새끼들이 꼰지르고 갔겠지. 맞죠? 내 이놈의 새끼들을 그냥 확, 씨.”

“알았다.”

“어쨌든 이건 폐하만 아는 사실로 하시고 혹시 이런 이야기 돌면 유언비어로 잡아다 처넣어버리세요.”

그리고 고개를 끄덕였다.

드래곤을 노예로 부리는 인간. 역사서에 이름이라도 올려야 하는 건 아닐지 고민하는 자신이 싫었다.

그래도 나름 대륙을 제패하고 역사상 가장 훌륭하고 뛰어난 군주라 불리는 자신이었는데. 어찌 이런 꼴이란 말인가.

“가 봐라.”

손을 휘저으며 얼른 저 꼴 보기 싫은 모험가 놈을 눈앞에서 치우고 싶었다.

한시민을 잘 이용해 드래곤을 활용할 방법이 머릿속에 떠오르지만 이내 지워 버렸다.

지금 상황에선 드래곤이 문제가 아니다. 드래곤을 이용하려면 한시민을 거쳐야 한다는 게 문제다.

"그냥 가요? 가족끼리 이렇게 의심하고 보상도 안 해주고?"

"……."

사막에서 모래를 팔 놈이다.

가족 운운하며 별것도 아닌 일에 정신적 피해보상을 들먹이는데 황제가 드래곤을 이용하기 위해 지불해야 할 것은 얼마가 될까.

고민하기도 싫었다.

그냥 모르고 살자. 드래곤이 폭주해서 다시 수백 년 전의 지옥을 열지 않게 된 것만으로 만족하자.

끝을 봐야 속이 풀리던 황제가 성질을 버렸다. 갑자기 현실에 안주하는 삶이 간절해졌다.

드래곤과의 동거를 허락받은 한시민이 피식 웃으며 연기를 끝냈다.

"폐하, 그리고 건방진 놈 하나 처리하게 제국 변방에 땅 좀 주세요. 조금만."

"가져가라."

"예, 고마워요. 아! 이제 시간 좀 여유 있으니 제국의 상징도 강화해 올게요."

"……!"

그리고 황궁을 나섰다. 황제에게 당근을 던져 주며.

3

메인 퀘스트 도움도 끝났고 길드 선발전도 끝난 마당에 한시민에게 주어진 선택지는 두 개다.

강화와 레벨 업.

게임의 근본적인 목표.

또 한시민의 스펙 업을 위한 가장 직관적이고 쉬운 길!

당연히 선택의 갈림길에서 한시민은 전자를 택했다.

"레벨은 안 올려."

빌어먹을 레벨.

49였던 레벨은 메인 퀘스트에 길드 선발전까지, 수없이 많은 몬스터를, 그것도 레벨 차이가 30이 넘는 것들로 수백 수천 마리를 잡았는지 계산조차 못 할 만큼 많이 잡았음에도 고작 56이었다.

많이 올리긴 했다. 짧은 기간 7업이면 다들 감탄을 터뜨릴 정도다.

하지만 그러면 뭐 하겠나. 의미도 없을뿐더러 레벨을 인식한 순간 경험치 바는 죽어라 오르지도 않는다.

60을 넘어 60 중반을 향하는 스페셜리스트와의 격차를 좁혀볼까 생각을 하면서도 정작 레벨 업을 위한 사냥은 토 나올 수밖에 없다.

차라리 강화를 위해 돌아다니다 몬스터를 잡는 게 속이 편하지.

애초에 레벨 업은 포기했다. 그러니 강화뿐이다. 강화해야 할 것도 넘쳐 난다.

"제국의 상징은 이제 할 만하겠지?"

예전, 기억도 안 날 만큼 오래전에 받아놓고 잊었던 물건. 강화 대비 가장 많은 돈을 뜯어낼 수 있는 보물.

"빼액이가 처먹은 골드도 써야 하고, 할 게 많네."

하다못해 2D 온라인 게임에서도 몇 가지 패턴만 반복시켜 놓으면 유저들로 하여금 컨텐츠에 대한 불만을 느끼지 못하게 만들 수 있다.

그런데 이곳은 판타스틱 월드다.

하나의 세상. 이미 그들만의 울타리를 쳐 놓고 살아가는 원주민들이 바글거리는 그곳.

그곳에 적응하고 정복하고 지배하는 과정이다.

할 일이 없다는 건 말이 되지 않는다. 게임을 오래 즐길수록, 진지하고 제대로 빠질수록 온몸 깊숙이 느껴진다.

그건 사기적인 운과 능력으로 치고 나가는 한시민일지언정 피해갈 수 없다.

"후."

심호흡하며 호흡을 가다듬는다. 황제와 친해졌다고 제국을 먹을 수 있는 건 아니다. 더 강해져야 한다. 드래곤과 맹약으로 맺는 갑과 을의 관계가 아니라 힘으로 굴복시킬 만큼 강해져야 한다.

그러기 위해 초심을 찾자. 가장 먼저 해야 할 일은 뭘까.

판단을 내린 한시민이 로그아웃했다.

따뜻한 물로 씻고 간단하게 나갈 채비를 했다.

"돈부터 좀 쓰고 게임 해야지."

강화고 뭐고 가장 먼저 하기로 한 것은 그동안의 계획이자 평생의 꿈인 건물주!

물론 과정이 까다로울 것이다. 알아야 할 것도 많고 내야 할 것도 많을 것이고.

하지만 걱정하지 않았다. 그에겐 든든한 아군들이 있지 않은가.

"어, 이제 나가려고."

–오빠, 이거 우리 아빠 전담 사람들 붙여주는 거 알지?

"알았어, 인마. 나 기브 앤 테이크 아는 남자다."

–언니랑 얘기 좀 해봤는데 우리 100레벨까지 좀 도와줘.

"지금 몇 렙인데?"

—66.

"……."

—오빠, 이건 돈만 있다고 되는 거 아닌 거 알지?

아군들이 한시민에게 못된 것만 배워 틈만 나면 뜯어먹으려는 게 문제지만 전혀 얄밉지 않았다. 오히려 기분이 좋았다. 한시민은 이런 관계를 원했다. 필요한 게 있으면 언제든 도와주고 마땅한 대가를 치르는 것.

얼마나 깔끔한가! 서로 부탁하는 데 눈치 보지 않아도 되고 감정 상할 일도 없다.

쿨한 관계!

"콜."

합의를 마지막으로 마치고 청바지에 맨투맨 한 장을 걸치고 지갑과 휴대폰을 챙겨 문을 나선다.

오랜만의 외출이다. 그냥 오랜만도 아니고 진짜 오랜만.

"한 달 전에 나갔었나……."

그 전엔 기억조차 나지 않고 최근 나간 기억도 길드 선발전 이전의 일인 것만 같다.

그만큼 세상이 좋아졌다는 이야기겠지. 집 밖으로 한 발자국도 나가지 않고 돈만 있으면 먹고살 수 있으니까.

이렇게 평생 살면 어떨까 생각하며 엘리베이터에서 내리는 순간.

"어우, 시바. 뭐야, 왜 이렇게 추워."

한시민이 다시 집으로 올라갔다. 그리고 오리털 파카를 꺼내 걸치고 다시 집을 나섰다.

동시에 휴대폰을 확인했다.

12월 2일.

마지막으로 집을 나섰을 때와 계절이 달라져 있었다.

4

코트를 걸친 정설아는 예뻤다.

딱히 수식어가 필요할까.

코트로도 감춰지지 않는 볼륨과 170의 키에서 나오는 각선미는 카페 안의 남녀 구분할 것 없이 모든 사람의 시선을 사로잡았다.

강예슬의 증언으로 들은 세 걸음에 한 번씩 캐스팅 명함을 받았다는 전설을 인증할 만한 외모는 말할 것도 없었고.

거기에 만만치 않은 강예슬까지.

뒤따라오는 듬직한 정현수만 아니었다면 참 좋았을 텐데.

"형님은 왜 오셨어요?"

"누구 좋으라고."

"쳇, 너무하시네."

"복에 겨운 놈."

어쨌든 카페에서 만난 넷은 룸이 있는 술집으로 자리를 옮겼다. 그리고 그곳에서 몇 명이 합류했다. 한신 그룹 회장의 직속 변호사와 재산 관리를 위한 사람들!

이야기는 길지 않았다. 평생 세금이라고는 내보지 않은 한시민에게 세금의 존재와 어떻게 해야 할지에 대한 이야기, 그리고 가지고 있는 돈에서 얼마까지 투자할 의향이 있는지와 어떤 식의 수익 구조를 원하는지에 대한 정보만 가져가면 됐으니까.

수천억을 횡령하거나 숨기는 것도 아니고 그저 효율적인 관리를 해주는 것이다. 서로 간의 신뢰가 있는 상황에서 이야기가 길어질 이유도 없었다.

"170억 다 써도 좋아요. 그럴듯한 건물주로 만들어주세요."

한시민의 꿈은 그거 하나였다.

세상에 이름을 드날릴 만한 부자는 아니지만 소소한 건물 하나는 살 수 있겠지.

빠질 사람들은 빠지고 술자리가 이어졌다.

"오빠, 근데 웬일로 돈을 이렇게 써? 무덤까지 돈 안고 갈 것처럼 하더니."

"이제 투자 좀 해야지. 방송으로 안정적인 수입도 들어오고. 또 목돈 들어올 데가 있거든."

"어디?"

"켄지."

"아."

켄지의 이름이 오르자 술자리 분위기가 좀 더 흥겨워졌다.

게임 초기부터 스페셜리스트와는 악연으로 얽힌 그들.

한시민이 아니었다면 정말 밟혔을지도 모른다.

그가 있더라도 당한 기억도 있었기에 켄지가 골탕 먹는 건 언제든 어디서든 환영이다. 안주로써 이만한 이야기도 없고.

"어떻게 할 건데?"

궁금함에 정설아와 강예슬이 한시민 쪽으로 붙었다. 켄지를 놀려먹을 때가 판타스틱 월드에서 가장 즐거운 한시민이 신나서 계획을 설명해 주었다.

술자리는 더더욱 무르익었다.

5

"뀨뀨뀨!"

영지에 도착하자마자 토끼들이 달려들었다. 오랜만에 보는 토끼들에 한시민도 반갑게 맞았다.

"어서 오십시오, 영주님."

"많이 발전했네요."

"열심히 키웠습니다, 하하."

리치 영지도 안 보는 사이 많이 변했다. 드넓은 성벽 내부에 아무것도 없던 땅들엔 그가 원하는 대로 온갖 고급 건물이 들어섰고 유저는 물론 대륙의 주민도 많이 이주한 상태. 조금만 시간이 지나면 유흥의 도시가 되는 건 시간문제였다.

"돈 더 필요하면 언제든 말씀하세요."

달랑 집만 있던 내 집이 여행 다녀온 사이 내부에 가전제품들이 가득 찼을 때의 기분이 이럴까.

한시민이 선심으로 공수표를 남발했다.

"아닙니다, 영주님. 버는 족족 투자하는 데 쓰고 있어 아직은 부족함이 없습니다. 필요하면 말씀드리겠습니다."

다행히 보좌관은 빈말로만 받았다.

안도의 한숨을 내쉬며 바로 떠날 채비를 갖췄다. 영지를 보고 싶은 마음도 컸지만 온 것은 토끼들을 챙기기 위해서다.

"괜히 개고생 말고 떼거리로 다녀야지."

토끼들도 좀 키울 때가 됐고. 장비들을 바꿔준 만큼 레벨도 올려야 하지 않겠는가.

"갈까?"

"빼액!"

"뀨!"

"꾸엉!"

오랜만에 하나가 된 한시민의 펫들이 신나서 따라나섰다.
그들이 향한 곳은 북쪽이었다.

켄지 길드의 앞을 한시민이 막아섰다.
"하이!"
"……."
"우리 정산 아직 안 끝냈죠?"
"할 말 없습니다. 황제에게 말하든 말든 알아서 하시죠."
당연히 켄지는 인상을 찌푸렸다. 로브를 뒤집어쓴 미녀가 블랙 드래곤이라는 사실만 몰랐어도 당장 전멸을 각오하고 달려들 만큼 스페셜리스트와는 원한이 깊다. 이번에 하나 더 추가됐고.
일방적인 쉐도우 복싱이라 해도 상관없었다. 어찌 됐든 걸림돌이 된 건 사실이니까.
"에이, 그러지 말고 이야기 좀 해요."
"……."
대화하지 않겠다는 단호한 의지!
무기를 꺼내는 것만으로 대답은 충분했다.
한 마디만 더 걸면 싸우겠다.

하나 한시민은 그런 결연함에도 꿋꿋이 자기주장을 내세웠다.

“들어보시면 나쁘지 않을걸요? 황제 꼬셔서 땅 좀 가져왔는데. 어떻게, 이래도 대화할 마음이 안 드시나?”

“…….”

“남작이 영지 가질 절호의 기회! 원수가 아니라 마족이랑도 손잡아 마땅할 거래 아닙니까.”

어느새 한시민의 손에 팔랑거리는 한 장의 양피지.

저것이 무엇인지는 모른다. 다만 한시민의 말이 맞다면, 적어도 켄지의 분노와는 별개로 대화할 자리가 마련될 물건임은 틀림없었다.

“무슨 수작이죠?”

그리고 그것이 사실이라는 가정하에 켄지가 대화의 길목을 열었다.

한시민은 기다렸다는 듯 본론부터 들어갔다. 빠르게 치고 나온다. 그 역시 켄지와 오래 대화할 생각이 없다.

딱히 개인적인 감정은 아니다. 어쨌든 매번 부딪쳐도 결국 이익을 보는 건 한시민이었으니까. 켄지 역시 그에겐 소중한 고객님이다. 굳이 이유를 뽑자면 남자와 오래 대화하기 싫다랄까.

“전 사실 그쪽에 별 감정 없어요. 그냥 주 고객이 스페셜리스트고 어쩌다 보니 자꾸 걸려서. 그런데 그쪽도 저한테 많은 도움 주시고 하셔서 그냥 모른 체하긴 죄송스럽더라고요. 이번에도 얼떨결에 방해한 셈이 돼서. 도움 좀 드릴까 했더니 저한테 잘못하신 게 있잖아요? 어쩌겠어요. 그냥 드리면 호구 취급당할 텐데. 조건을 조금 걸게요."

"말해보시죠."

그럼에도 청산유수처럼 말이 쏟아진다.

팩트도 한시민이 좋아하는 분야지만 선동과 날조에선 그를 따라올 자가 없다. 그냥 생각나는 대로 나불거리면 그만이니까.

증거? 필요 없다. 지금처럼 개인의 감정을 말하는 것에 증거 따위가 어디 있는가. 간이고 쓸개고 다 빼줄 것처럼 말하면 그만이지. 거기에 살짝 진심을 1% 정도 섞어주면 믿지 않을 수가 없으리라.

"……."

켄지도 고민에 빠졌다.

사실일까 아닐까.

고민하다 이내 포기하고 고개를 들었다. 무엇이든 중요치 않다.

"조건은?"

어쨌든 그에게 유리한 거래는 맞다. 한시민은 지금껏 그에게 물을 먹이긴 했어도 가져오는 거래가 허탕이거나 불리하거나 손해 보는 조건인 것은 없었다.

그토록 이를 갈았으면서 단 몇 마디에 거래를 하려는 자신을 보며 실소가 절로 나왔다. 동시에 인정했다.

저게 한시민의 원동력이구나.

초반부터 앞서 나가고 그도 모자라 재벌들만의 소수정예 파티를 움켜쥐고 나아가 제국의 황제와 인연을 맺고.

알고 있었으면서 새삼 또 느낀다.

빠른 인정은 발전의 발판이다.

거래해 준다. 그리고 나중에 밟아준다.

그걸 위해 지금 그가 해야 할 건 거래의 공정성 판단이다.

하나 그런 냉철한 판단 속 켄지가 잠시 잊은 게 있었다.

"여기 부지가 1천 평 정도 되는데 평당 100골드. 콜?"

"……."

"싫으면 말고."

한시민과의 거래는 결코 동등한 관계가 나올 수 없다는 사실을.

누군가는 갑이어야 한다. 그리고 한시민은 결코 을일 때 거래를 하지 않는다.

6

공주는 온종일 토라진 표정이었다.

이미 열두 살에 정치에 참여하기 시작한, 정신적 성숙을 모두 이뤄낸 공주에게선 쉽사리 볼 수 없는 진풍경에 황궁 내부의 사람들이 구경하러 오기 바빴다.

물론 몰래.

“어머, 어쩜 토라지신 표정도 저리 예쁘실까.”

“공주님이 괜히 공주님이시겠어요. 대륙 제일의 미인은 누가 뭐래도 우리 공주님이시잖아요.”

“정말, 황제 폐하께서 어찌 그리도 아끼시는지 알겠다니까요.”

몰래라기에는 빈틈이 넘쳐 나는 구경이었지만 다행히 공주는 그런 시선들에 신경 쓰지 않았다.

그녀의 따끔한 눈초리가 향하는 곳은 단 한 곳!

황제였다.

“어험, 왜 그러느냐.”

“아바마마, 너무 하신 거 아니에요? 소녀, 너무 속상합니다.”

“어쩔 수 없었다.”

“그래도 너무해요. 다른 사람도 아니고 아바마마의 사위이자 제 서방님인데. 어찌 그렇게 야박하게 하실 수 있으세요.”

“……미안하다.”

그리고 온종일 이어지는 잔소리에 황제는 결국 두 손 두 발을 들 수밖에 없었다.

왕국 하나를 대륙 통일의 명목하에 지워 버려도 단 한 마디의 사과를 하지 않았던 황제다. 그런 그가 딸 앞에서 결국 사과를 내뱉었다.

사과는 곧 패배의 다른 말. 승리를 거머쥔 공주가 토라진 표정을 조금이나마 풀고 공격을 시작했다.

“어찌 아무 쓸모도 없고 아무도 들지 않고 몬스터도 없는 폐광을 두 배나 되는 가격에 파실 수가 있으세요. 서방님은 아바마마를 위해 목숨을 걸고 뛰어다니고 있는데 너무 속상해요.”

“공주, 알지 않느냐. 제국의 주인인 내가 일개 자작에게 어찌 사사로이 땅을 거래할 수 있겠느냐. 이 정도만 해도 충분히 배려한 것이다.”

하나 황제도 만만치 않았다. 애초에 그는 신념이 뼛속까지 박힌 사람이다. 그나마 한시민에 의해 융통성이 생기고 있는 중이 아니었다면 거래고 보상이고 부탁이고 씨알도 먹히지 않았을 것이다.

공주 역시 알고 있다.

“그래도 평당 1골드도 안 하는 땅을 2골드씩이나 받으신 건 아무리 생각해도 아바마마가 잘못하셨어요.”

“허어.”

“1골드 50실버만 받았어도 명분은 충분했을 거예요.”

“알았다. 미안하다.”

알고 있기에 문제다. 감정만 내세우지 않고 정치적 이념까지 계산해서 따지니까.

해서 황제는 아예 반박도 포기했다.

자식 이기는 부모 없다고 했다. 원래부터 황제는 공주에게 이길 생각조차 없었다. 한시민만 아니었으면 공주가 토라지기도 전에 그녀가 원하는 대로 해주었을 것이다.

지금껏 지켜온 제국의 암묵적인 룰?

그딴 건 누가 만든단 말인가.

그저 거대한 댐에 바늘구멍 하나 생기지 않기 위해 그 역시 인정해 주고 공생을 위해 허락해 준 것뿐이지 원한다면 언제든 바꿀 수 있다.

"그놈이 돌아오면 적당히 보상하마."

"정말요?"

"그럼."

"와!"

결국 황제가 제국을 위해 공을 세운 사위의 부탁에 돈을 받은 것도 모자라 2배나 되는 금액을 덤터기까지 씌워 팔아먹은 천하의 쓰레기가 된 다음에야 공주의 표정은 풀렸다.

한숨이 절로 나왔다. 결코 한시민에 대한 미안함이나 죄책감 따위가 생겨서가 아니다. 지금껏 그가 겪어온 스트레스나 뜯긴 물질적인 피해를 생각하면 미안함이 생길 리가 없다. 그냥 갖고 있는 모든 걸 다시 빼앗아도 속이 시원치 않은 마당이 아닌가.

그저 후회가 될 뿐이다.

'모험가한테 공주를 허락하는 게 아니었는데.'

이렇게 될 줄 누가 알았겠는가.

"에휴."

패배를 인정했으니 머리가 다시 지끈거려 온다.

그 바퀴벌레 같고 빈대 같은 놈이 2배나 되는 바가지를 쓰고 얼마를 돌려달라 요구할까.

"그 땅 어디에 판다고 하셨는데 잘 팔 수 있을까요? 지금이라도 황실에서 자금을 지원해 준다고 제값에 팔라고 해야 하지 않을까요?"

"걱정 말 거라. 그놈은 절대 손해 보면서 팔진 않을 것이다."

"그래도요. 제정신이 박힌 사람이라면 어떻게 그 땅을 두배나 손해 보고 거기서 또 손해를 보면서 사겠어요?"

"……."

그러게 말이다. 그런 미친놈이 있을까 궁금하구나.

수긍하면서도 이상하게 불안하진 않았다. 한시민이라면 팔수 있을 것 같다. 어떻게든.

'적어도 두 배는 남길 생각이 있으니까 비싼 걸 알면서도 가져갔을 텐데.'

동시에 흥미가 돋았다. 스트레스는 스트레스고 능력은 능력이다.

분명 땅은 영지로써 효용이 있고 황제의 허가까지 얻었으니 사고자 하는 이는 많을 것이다. 특히 통상적으로 영지를 보유할 수 없는 작위의 귀족들이라면 눈에 불을 켜고 달려들겠지.

하나 가격이 결국 문제다.

영지를 보유한 귀족.

이 타이틀을 위해 돈을 퍼부을 귀족은 많다. 하지만 그가 가져간 땅은 아무 쓸모도 없는 땅. 개발해 봤자 나오는 것도 없고 교통의 요지도 아니고 영지민조차 없는, 그저 영지라는 이름만 붙은 땅을 최소 4배나 되는 가격에 살 귀족이 있을까. 아니, 살 수 있는 귀족이 있을지부터 의문이다.

'혼내줄 놈이 있다고 했지.'

궁금했다. 그놈이 누구일지. 그리고 제아무리 한시민이라 한들 그렇게 팔 수 있을지.

고민의 끝은 아무래도 긍정이었다.

"100골드?"

"천 평이니 10만 골드. 현금으로 깔끔하게 결제하시면 120

억. 어때요? 10억 깎아드리는 건데.”

“…….”

한시민의 제안에 켄지의 말문이 막혔다. 어디 120억이 뉘 집 개 이름도 아니고 저렇게 쉽고 간단하게 내뱉다니.

“양심이 없다고 생각하지 않습니까?”

너무 어이가 없어 켄지가 항상 갖추던 예의도 버리고 물었다.

궁금했다. 정말 게임의 땅 천 평이 그만한 가치가 있다고 생각하는 것인지.

적어도 어떤 땅이고 어떠한 효용이 있으며 영지로써 샀을 때 앞으로의 전망에 대해 설명 정도는 해주고 가격을 불렀으면 고민이라도 해봤을 것이다.

얼마를 바가지 씌우든.

확실히 켄지 길드에게 지금 당장 영지가 생기는 건 계획했던 모든 일정을 앞당길 수 있는 절호의 기회임과 동시에 준비해야 할 수많은 시간과 과정, 귀족들에게 투자해야 할 금액들까지 모두 지워 버릴 수 있는 순간이니까.

한데 그냥 지르고 본다. 양피지 한 장 휘날리며.

이런 무식한 거래는 들어보지도 못했다.

“네.”

또 저런 무식한 대답 또한 태어나서 처음이다. 무려 120억짜리 거래에 저런 단호함이라니. 마치 '넌 무조건 살 거야'라는 자신감으로 보일 정도다.

그래서 더 어이가 없었다. 그러면서 동시에 머릿속이 복잡해졌다.

혹시 나도 모르는 무언가가 있는 건가. 사실 난 저 땅을 사지 않으면 병이 도져 틱이 오는 건가.

아무리 생각해도 없었다. 애초에 머릿속에 영지에 대한 생각은 무의식 저 깊숙이 박혀 있었을 뿐이다.

가장 갖고 싶은 것이면서도 아직 준비 발판조차 깔지 못한.

귀족 작위 역시 한시민에게 돈을 주고 사지 않았다면 불가능하지 않았던가.

"후우."

마음을 가다듬고 침착함을 되찾았다. 그리고 다시 대화에 참여했다.

"무조건 내가 산다. 확신이 있으시군요."

"당연하죠."

"어째서죠?"

"고객님이 판월에 지르시는 금액을 대충 보면 영지라는, 그저 영지를 소유한 남작이라는 타이틀의 가치는 그 정도라 봤거든요."

"……."

“아무리 낮게 잡아도 최소 백작, 혹은 자작은 달아야 하는데 지금 제가 말도 안 되는 속도로, 공주의 간 쓸개까지 다 뽑아먹고 있는 마당에 자작인 걸 보시면 이미 마음속에 몇 년 정도는 계획하고 있겠죠? 그 시간을 줄여주는 겁니다.”

“그게 120억이다?”

“큰돈은 아니잖아요? 고객님의 몇 년에 비하면.”

“작은 돈도 아니죠.”

어느새 고객님이 된 켄지와 한시민의 설전은 치열했다.

파는 자와 사는 자가 아니다. 얼마에 구입하는지에 대한 논쟁. 살 마음이 없었다면 애초에 켄지는 대화보다 무기를 들었을 것이다.

그걸 누구보다 잘 알기에 한시민은 더욱 배짱을 부릴 수 있었다.

“사는 게 좋을 겁니다. 전 흥정하러 온 게 아니거든요.”

“…….”

“이번 기회는 세상에 다시없을 기회예요. 나중에 고객님이 혹여 신분 상승을 하고 영지를 얻는다 해도 절대 받지 못할 프리미엄 옵션이 붙어 있거든요.”

“……프리미엄 옵션?”

“세금 면제.”

“……!”

"그 어떠한 영지로써의 혜택도 없는 대신 받아온 프리미엄이에요. 어때요, 끌리죠?"

그리고 배짱 마지막엔 항상 비장의 카드가 숨겨져 있었다.

켄지가 멈칫할 수밖에 없게 만드는 비장의 카드.

계산의 추가 기울어지게 만들 수밖에 없다. 대충 집 지어놓고 영주 행세나 하며 게임을 즐길 유저가 아니기 때문에.

돈이 아무리 많아도 기반을 다지고 사람을 부리면 자연스럽게 돈이 들어오고 벌린다. 켄지가 생각하는 게임에 대한 현금 투자는 딱 거기까지다. 기반 마련까지. 그 뒤는 자급자족이다.

그 자급자족에 세금 면제는 엄청난 혜택이다. 정말 한시민의 말대로 돈 주고도 얻지 못할 말도 안 되는 특혜다. 다 믿어도 이 부분은 믿기지 않을 만큼.

"여기 황제의 직인도 있으니 의심은 집어치우시고. 어때요, 끌리죠?"

"……."

고개를 끄덕일 수밖에 없었다.

물론 그는 바보가 아니다. 황제도 멍청이가 아닌 이상 이런 혜택을 준다는 건 그만큼 지금 거래하려는 땅의 가치가 낮다는 걸 의미한다.

아니, 땅이라고 부를 수도 없겠지.

영지로써 그냥 세금을 받지 않고 허락을 해줘도 제국의 입장에선 손해 볼 게 없는, 또 다른 귀족들에게 지탄받지 않을 명분이 충분한 그야말로 쓰레기 땅일 것이다.

그걸 무려 120억이나 주고 산다. 호구가 아닐 수가 없다.

그런데 고민한다. 고민하고 결정한다.

"사겠습니다."

그럴 줄 알았다는 듯 이미 미소를 띠고 있던 한시민이 바로 말을 잇는다.

"현금? 골드?"

"어차피 골드는 사야 하니 현금으로 하죠."

"130억 올릴 테니 입금하세요."

"……."

"왜인지는 말 안 해줘도 되죠? 120억은 쿨거래 값이었어요."

"어지간한 사업가들보다 수완이 뛰어나시네요."

피식.

웃음이 새어 나오지 않을 수가 없다.

아무리 게임이지만 이토록 일방적으로 손해 본 적이 있었던가.

"별말씀을. 돈도 써보니까 통이 커지더라고요."

켄지의 허탈한 인정과 동시에 중개 사이트로 입금되는 금액에 한시민도 그제야 진심 어린 미소와 함께 사적인 대화를 꺼냈다.

이 말은 진심이었다. 아무리 한시민이라 한들 그저 한낱 평범한 20대 중반의 소시민일 뿐이다. 어찌 이런 거래에 수백억을 아무렇지 않게 부를 수 있단 말인가.

하나 돈 관련 학습 속도에 있어선 그 누구보다 흡수가 빠른 그는 건물을 구입하고 통장에 있던 170억을 날려 버리며 돈의 이치에 대해 어느 정도 깨달았다.

'돈이란 있다가도 없는 것. 필요한 놈한텐 얼마를 후려쳐도 결코 비싼 게 아닌 것. 가치란 갑이 정하는 것.'

양아치 마인드지만 사업가로선 이보다 훌륭한 깨달음이 없었다. 덕분에 이익도 많이 남겼고.

양피지를 넘기며 거래를 완료한 켄지가 그제야 물었다.

"원래 이 땅, 황제에게 얼마 주고 샀습니까?"

애초에 물었어야 할 아주 기초적인 질문이다. 하지만 물어봤자 한시민이 대답해 줄 리도 없었고 어차피 사야 할 땅이면 손해 보는 금액을 알게 될 경우 속이 쓰려 살 것도 자존심 때문에 사지 않을까 묻지 않았었는데 이제는 그럴 이유가 사라졌다.

이미 넘어온 거래다. 물러주지도 않을 것이니 들어나 보자.

'한 2배?'

켄지의 기준에선 그랬다. 120억은 분명 큰돈이지만 전체 자산에 비하면 별것 아니기도 하다. 그냥 미래를 위해 건물 하나 샀다고 생각하면 된다. 천 평이나 되는 땅이니, 그것도 제국의 땅이니 그 정도 할 수 있겠지.

"2골드요."

"……?"

"평당 2골드에 샀어요. 그럼 이만."

그런 켄지의 추측을 완전히 벗어난 대답과 함께 한시민은 바람처럼 사라졌다.

그렇게 판타스틱 월드 역사서에 한 줄의 전설이 추가됐다.

7

평당 2골드.

총 2,000골드를 소모하고 100만 골드 어치의 현금을 받았음에도 한시민의 아쉬움은 가득했다.

"아오, 아까워라. 조금 더 싼 땅 좀 주지."

어차피 어느 땅이든 100골드에 팔 것은 변하지 않는다. 그럼 이왕 파는 거 더 큰 이익을 보기 위해 원가를 절감해도 됐었다.

마음 같아선 10실버짜리 땅을 구하고 싶었지만 그게 그의 마음대로는 되는 것이 아니었으니 아쉬워도 참아야지.

어쨌든 켄지 길드에게 바가지를 한껏 씌운 것에 만족하기로 했다.

"빈 통장도 다시 채웠고."

이왕 사는 건물 자잘하게 몇 개 말고 목 좋은 곳에 아주 큰 건물로 하나 사고 싶었다. 해서 추가적으로 100억을 더 써도 된다는 문자를 보냈다.

무려 270억!

통이 커졌다기보다 그냥 금전 감각이 없다고 하는 게 맞으리라.

게임 머니 같달까. 직접 손에 만져 본 적은 없는 금액이 통장에서 왔다 갔다 하는데 현실감 있게 느낄 만한 사람은 별로 없을 것이다.

물론 이런 식으로 돈을 쓰다 보면 금세 통장 잔고는 바닥난다. 하나 걱정하지 않았다.

"이제 거지가 아니니까."

매달 들어오는 돈도 알바나 하며 벌었던 돈과는 비교도 할 수 없을 만큼 많고 여차하면 비상금을 털면 된다.

판타스틱 월드에서 들고 있는 35만 골드!

남들은 현금을 골드화하지 못해 안달이지만 한시민은 여전히 현실이 더 중요한 사람이었다.

"골드를 너무 많이 들고 있는 것 같네. 좀 비워야겠다."

믿기진 않겠지만.

8

현재 판타스틱 월드의 골드 시세는 13만 원이다.

정확히는 131,143원.

매일 매시간 변동하는 가격이라 정확히 따지는 것은 의미가 없지만 골드를 가지고 장사하는 사람들에겐 주가보다 더 한 관심사.

게임이 오픈하고 지금껏 게임 초기 시세를 유지하는 것도 모자라 오히려 골드의 시세가 30% 인상된 게임이 있느냐에 대한 열띤 토론이 벌어질 정도로 판타스틱 월드 게임 머니의 가치는 생각했던 것보다 훨씬 높았다.

그게 어쩌면 판타스틱 월드가 또 하나의 세상임을 증명하는 가장 정확하고 확실한 지표일지도 모른다.

누구도 반박할 수 없는 팩트. 오죽하면 주식에 투자하지 말고 판타스틱 월드 골드에 투자하라는 말까지 나올 정도다. 그것도 증권가에서.

실제로 잘나가는 펀드 매니저들도 자기들의 사비를 골드에 투자하고 있다는 신빙성 있는 증언까지 흘러나온다.

큰 이익은 볼 수 없지만 손해는 절대 보지 않는다. 그리고 단기간에 운만 좋으면 무조건 이익을 본다.

그건 단순한 이론이 아니다. 이미 몇 차례 증명된 사실이다. 실제로 두 번 한시민이 골드를 대량 구입할 시기에 맞춰 골드의 시세가 크게 뛰지 않았던가.

한시민만의 힘은 아닐 것이다. 골드 구입과 함께 오르는 시세에 맞춰 다른 부자들도 미리 구입하려는 움직임 때문이겠지만 어쨌든 그런 시기에 맞춰 오르는 골드 가격은 떨어질 생각을 않았다.

통합된 서버. 수천만의 유저.

그만큼 많은 수요가 있지만 동시에 판타스틱 월드를 통해 먹고살려는 공급자들의 공급도 많기 때문이다.

일부러 맞춘 게 아닐까 싶을 정도로 절묘하게 유지되는 균형.

그러니 거기서 더해지는 수요는 미묘한 균형을 깨고 가격을 높이는 시발점이다.

그리고 또 한 번 그런 움직임이 시작되었다.

이번엔 한시민이 아니었다.

켄지.

폐광산을 무려 130억이나 주고 산 그가 대대적으로 골드를 매입하기 시작했다.

뭐라도 영지다운 모습을 꾸미기 위한 투자.

틈이 날 때마다 구입한 골드들이 있지만 그것만으론 부족하다 판단한 것.

중개 사이트에 올라온 골드란 골드는 그가 모조리 매입했다. 소량 판매자들은 대륙 중앙까지 가는 것에 부담감을 느껴 거래를 파기하는 경우도 있었지만 대부분은 판매에 망설임이 없었다. 어차피 이동만 시켜놓고 로그아웃하고 다른 일을 하다 오면 그만이기에.

해서 오랜만에 중개 사이트 골드 거래 글이 일시적으로 말라 버리는 현상도 벌어졌다.

무려 2천만이 넘는 유저가 플레이하는 게임이다. 그런 게임의 유저들 중 현금 거래를 하는 사람들이 무조건 이용해야 하는 사이트의 골드 거래 글이다.

얼마나 많이 사는지는 굳이 커뮤니티에서 저들끼리 떠들지 않아도 가늠할 수 있다. 하지만 많은 거래를 신청한다고 해서 마음에 찰 만큼의 양을 구할 수 있는 건 아니었다.

게임 초기보다 골드 수급은 늘었지만 여전히 많지 않다. 당장 켄지만 해도 NPC들의 벽에 막혀 빌빌대는 마당에 골드를 끌어모으는 사람이 몇이나 되겠는가.

1골드에 13만 원이라 해서 하루 노가다 해서 벌 수 있다 생각하면 오산이다.

그러다 보니 며칠이 지나고 시세는 뛰었는데 만족할 만한 물량이 나오지 않았다.

기껏해야 10골드 단위.

"길마님, 그만 사시는 게. 자잘한 건 구입해 봐야 시세만 오릅니다."

"아직 부족해요. 적어도 10만 골드는 더 구해야 하는데."

지금 구입한 골드는 대략 5만 골드 정도다. 유저가 가지고 있는 골드란 골드는 다 가지고 온 셈.

자연스럽게 골드 가격은 14만을 치고 올라가 멈출 생각을 않았다. 생각이 있다면, 사재기할 게 아니라면 멈추는 게 정상.

하나 이미 켄지는 영지에 대한 개발을 시작한 상태다.

"어차피 가격은 떨어지지 않아요. 최대한 많이 빨리 구하는 게 나아요."

"하지만 물량이……."

수요는 넘쳐 난다. 공급이 말랐을 뿐이다.

시세가 오른다고, 켄지가 수요를 줄인다고 다시 가격이 낮춰질까?

아니라는 걸 알기에 다이노도 만류하지 못했지만 그 역시 답답한 건 마찬가지였다. 세상에 돈이 있는데 게임 머니가 없어 사지 못하는 게임이라니.

헛웃음이 절로 나온다. 5만 골드도 생각했던 것보단 많이 구했다는 걸 알면서도.

"규모를 조금 줄이시는 게."

"아뇨, 최소 리치 영지만큼은 발전시킬 겁니다. 그래야 해요. 안 그러면 약탈당할지도 모릅니다."

"……더 구해보겠습니다."

켄지 길드의 모든 인력이 자잘한 골드마저 매입하기 위해 전 대륙으로 흩어졌다.

사실 켄지가 가장 서두르는 이유는 하나다.

영지전.

현실처럼 힘이 강한 그가 아니다. 한 명의 귀족이 되고 남작 주제에 영지를 갖게 된 이상 그에겐 수많은 NPC 적이 생겼다. 아무리 쓸모없는 땅일지언정 없는 것보다야 갖고 있으면 무엇이든 콩고물이 떨어지니 호시탐탐 노릴 게 분명하다. 그걸 지키는 게 최우선이다. 계획을 펼치는 건 그다음이다.

골드 시세가 오르는 것?

골드의 물량이 없는 걸 보면서 이번에 확실히 느꼈다.

'현실의 통장으로 할 수 있는 것이라면 얼마든 쓴다.'

그만큼 켄지는 또 하나의 현실에 빠졌고 도전의식을 태어나서 그 어느 때보다 느끼는 중이었다.

그렇게 3주간 골드 시세는 하늘 높은 줄 모르고 치솟았다.

12월 20일.

스페셜리스트가 또 한 번 모였다. 지난번 건물 구입에 관한 담당자들과 함께.

“말씀하신 270억으로 서초동 빌딩 구매 완료했습니다.”

“와, 감사합니다.”

“오빠, 그런데 보긴 봤어?”

“아니, 아직.”

“……아니, 무슨 주인이 보지도 않아?”

“뭐, 알아서 잘해주셨겠지.”

그저 건물주가 된다는 것에 의의를 두는 쿨한 모습에 다들 혀를 찼다.

이런 사람이 게임에선 단 한 푼이라도 더 벌어보겠다고 그토록 뛰어다니다니.

괜스레 신이 미워진다.

“수익성도 좋고 가치도 계속 오를 예정이라 사실 270억으론 구하기 어려운 매물인데 운이 좋으셨습니다.”

“그래요? 하긴 제가 또 한 운하죠.”

“최소 50억은 손해 보고 파셨을 겁니다.”

“예? 아니, 대체 어떤 정신 나간 사람이 50억을 손해 보고 팔아요? 급전이 필요한가.”

자신의 일을 마치고 떠나는 사람들. 관련 서류들을 잘 갈무리한 한시민이 술을 털어 넣으며 황당함을 표출했다.

“뭐지? 왜지?”

그의 상식으로는 도저히 이해가 가지 않는 계산이다. 그만한 빌딩을 갖고 있는 사람이라고 돈이 급하지 않으리라는 법은 없지만 그래도 이게 그렇게 손해를 보며 팔 만한 건물인가?

이쪽 분야에 지식이 없다지만 그래도 어느 정도 짐작은 할 수 있다.

“그냥 조금만 싸게 내놔도 금방 팔리는 동네 아니야?”

“맞아. 제 가격보다 높여서 내놔도 바로 팔릴걸?”

“그런데 왜?”

그런 그의 의아함에 강예슬이 달라붙어 떠들었다.

“궁금해?”

“아니, 뭐 알 바는 아니긴 한데 궁금하긴 하네.”

“그 건물주가 오빠한테 원하는 게 있거든.”

“엥?”

나한테?

짐작조차 못 하는 모습에 다들 웃었다. 확실히 이럴 때 보면 그냥 평범한 20대 중반의 일반인이다.

“그 미친년이 설아 언니야.”

"……?"

"그 건물 설아 언니 거라고."

"……."

"언니가 오빠랑 하룻밤 자고 싶대."

"푸흡."

"아니! 오빠!"

마시던 술이 그대로 뿜어진다.

예상치도 못했던 이야기에 당황하다 한시민의 시선이 이내 옆자리의 정설아에게 향한다.

재미있다는 듯 술잔을 기울이며 보고 있는 정설아.

그제야 상황 파악을 한 한시민이 그녀의 두 손을 잡는다.

"평생도 괜찮아요."

정말 주인으로 모실 기세에 강예슬이 인상을 찌푸렸다.

"오빠, 나랑 자자 할 때는 안 그랬잖아."

"가족끼린 그러는 거 아냐."

"우씨, 손 떼 빨리. 농담이니까."

진심이 담긴 아쉬움과 함께 놓은 손을 보며 정설아가 입을 열었다.

"앞으로도 잘 부탁드려요. 공짜 아닌 거 아시죠?"

"물론이죠. 밤낮으로 불러만 주시면 언제든지……."

"야!"

"예, 형님. 몰래 가겠습니다."

술병을 거꾸로 집어 드는 정현수를 보며 얼른 말을 바꿨다.

"아, 농담인 거 다 아시면서. 100레벨까지 지금처럼 확실하게 밀어드릴 테니 걱정하지 마세요."

결국 거래라는 걸 안다.

켄지나 이들이나 대체 왜 현실의 것들을 팔아 게임에 올인하는지에 대한 의문 따윈 조용히 접어둔다.

태어날 때부터 지금껏 살아온 정신머리가 다른데 이해하려 해서 무엇하겠나. 다만 열심히 살면 되는 것이다.

"내 새끼 한번 보러 가야겠네."

"오빠, 그리고 한턱 쏴야지."

"아, 맞다. 이브에 모여요. 제가 한턱 거하게 쏠게요."

"왜 이브야, 슬프게."

"판타스틱 월드에서 사냥이나 하느니 그때 모여서 이브 느낌 좀 내면 좋잖아."

"……."

침울해지는 분위기.

"오빠, 그런데 돈 다 쓴 거 아냐? 우리 작정하고 마시면 감당 안 될 텐데?"

"걱정 마. 다 들어올 때가 있으니까. 이제 수확할 때가 됐어."

"……또 누굴 털어먹으려고."

"켄지."

분위기는 한층 더 다운됐다. 낯익은 이름에서 느껴지는 찝찝함 때문이 아니다.

"이젠 좀 불쌍하다. 걔 그만 좀 괴롭혀, 오빠."

"걘 대체 전생에 무슨 죄를 지어서 저런 놈하고 엮이는 거냐, 매번."

"저번에도 130억 뜯었다 하지 않았어요?"

불쌍함이다. 그들을 괴롭힌 것 이상으로 한시민에게 호구 잡힌 그에 대한 애도가 느껴진다. 진심으로.

동시에 사악한 미소를 띠는 한시민이 무섭다.

"정말 한 놈만 파네."

"그게 우리가 아니라 다행이다."

"아냐, 우리도 호갱인데 호의적인 호갱일 뿐이야."

"……."

"그래서 이번엔 뭔데?"

한시민은 그저 웃으며 거하게 마실 준비나 하라 말할 뿐이었다.

그리고 며칠 뒤.

"……."

"이젠 좀 지겹네요. 그만 좀 보고 싶은데, 하하."

"……10만 골드."

"네네, 접니다. 저예요. 여기요, 고객님."

켄지가 2관왕을 달성했다. 판타스틱 역사서에 한 번, 9시 뉴스에 한 번 이름을 올린 주인공으로.

—이야기 들었냐? 중개 사이트 보니까 10만 골드 누가 170억에 올린 거 팔렸던데.

—ㄷㄷ 지금 15만 원 될까 말까인데 17만 원? 계속 오르는 거냐?

하지만 골드 매입은 잠잠해졌고 시세는 14만 원 선으로 안정되었다.

9

켄지는 오랜만에 캡슐에서 나와 중요한 서류들을 검토했다.

한 번의 서명에 수백, 수천억이 왔다 갔다 하는 중요한 거래들!

그런 것들만 확인한다. 그런 것만 해도 몇 시간을 잡아먹을 정도로 많다.

"이건 뭐죠?"

그렇게 검토하다 그의 시선을 사로잡는 게 있었다. 켄지의 시선이 비서에게 향했다.

"중국 쪽인데 교묘하게 이득을 보는 쪽으로 조항 몇 개를 더 넣었습니다. 저희 입장에선 크게 내주어도 상관없을 만한 조항이라 판단했습니다."

비서는 침착하게 대꾸했다. 크게 문제 될 건 없다. 애초에 여기까지, 켄지의 앞에 올라오는 모든 서류는 전문가들에 의해 수십 번 검토되고 또 확인한 뒤에 온 것들이다. 단 한 단어조차도 문제가 되면 폐기된다. 그렇기에 저기압의 켄지라도 당황하지 않을 수 있다.

무엇보다 켄지가 가장 잘 알지 않는가. 지금까지 기업을 이끌어 온 방식도 그래 왔고.

"우릴 호구로 본다."

"예?"

하나 이번엔 조금 달랐다. 저기압의 켄지는 마치 누군가에게 심하게 당하고 오기라도 한 듯 불리한 조항에 민감하게 반응했다.

사실 불리한 것도 아니다. 늘 그래 왔듯 무언가를 내주면 그만큼의 돈을 챙겨왔으니까.

"역시 사람은 얕보이면 안 돼."

"……?"

"이 계약, 자리 만드세요. 직접 나갑니다."

켄지가 거칠게 자리에서 일어났다. 비서는 당황하면서도 고개를 숙이고 지시에 따랐다.

왜 저러지?

의문은 길지 않았다. 평소와 다른 행동을 해도 비서가 신경 쓸 바는 아니다. 어차피 이곳의 모든 것은 켄지의 것이고 지금이라도 그가 모든 걸 팔아버리고 잠적한다 해도 거부하거나 막을 수 있는 이는 아무도 없기에.

또 믿었다. 매년 기업의 가치를 눈에 보이는 수치만큼 끌어올려 놓는 켄지의 저력을.

그건 물려받은 것만으로 가능한 게 아니다.

'왜 저러시지?'

하나 고개가 갸웃하는 건 어쩔 수 없는 인간의 본능.

누구보다 가까이서 켄지를 지켜봐 오고 경영 방식을 잘 알고 있는 비서기에 더더욱 그렇다.

저건 마치 천하의 켄지가 웬 놈한테 삥이라도 잔뜩 뜯겨 화풀이하는 것 같지 않은가!

"설마."

나간 켄지의 뒷모습을 보며 비서가 안 좋은 생각을 머릿속에서 지웠다.

요 한 달간 켄지가 게임에 수천만 달러를 쓰긴 했지만 그건 그의 재산에 비하면 정말 한순간의 유희라 생각해도 될 정도의 양이다.

"혹시?"

아니면 진짜 그래서 그런가?

"에이."

그럴듯한 그림이 그려지는 상황에 비서가 고개를 젓고 켄지를 따라나섰다.

설마 그럴 리가.

회장님이 아무리 그의 기준으론 몇 푼 안 되는 돈이라 해도 웬만한 중소기업 하나는 인수할 금액을 게임에서 사기를 당해?

차라리 웬 중국인이 걸어온 전화에 계좌, 공인인증서 비밀번호까지 순순히 털어놓았다는 얘기가 훨씬 납득되는 상황이리라.

그렇게 종로에서 뺨 맞은 켄지의 저기압에 한강의 기업들이 죽어 나갔다.

북부 안개의 산맥.

이제는 이름뿐인 산맥이 되어버렸지만 그래도 사냥할 여력이 되는 50레벨 이후의 유저들에게 여전히 경험치만큼은 최고의 효율을 뽑아낼 수 있는 사냥터.

그곳에 스페셜리스트가 자리를 잡고 사냥을 하고 있었다.

변신한 빼액이의 등 위에 자리를 잡고 누워 웹서핑하는 한시민. 그 옆에서 뚱한 표정으로 온종일 팔짱을 낀 채 시간을 보내는 카르디안. 경험치 버프 최대화를 위해 남은 소수의 토끼. 그리고 밑에서 사냥하는 스페셜리스트.

수달이와 나머지 토끼들은 다시 산맥을 복원하기 위한, 아니, 한시민의 돈벌이를 되살리기 위해 광산을 만들러 떠났다.

"에이, 수달이 버프까지 있으면 딱인데."

"우리 수달이 바쁘다."

"이왕 해주는 거 같이 좀 해주면 안 될까? 어차피 오빠도 돈 안 받고 하는 건데 빨리 우리가 100 찍는 게 좋잖아."

"광산 다 만들고."

"칫."

하루 네 번 눈에 보일 정도로 경험치를 모을 수 있는 기회가 사라진 것에 대한 아쉬움은 컸지만 그래도 말과 다르게 스페셜리스트의 입가엔 미소가 떠나지 않았다.

당연하다.

이 얼마 만에 느껴보는 경험치 버프인가.

레벨이 높아질수록, 몬스터의 경험치가 많아질수록 경험치 버프의 위력은 커진다.

무엇보다 70레벨을 목전에 둔 상황이 아닌가.

"진짜 누가 한 말이 딱 맞는 것 같네. 판타스틱 월드에선 50레벨 전에 아이템이 사냥하고 50레벨부턴 시간이 사냥한다던데. 끈기 싸움이네, 끈기 싸움이야."

"하루 이틀 게임 하는 것도 아니잖아."

"그건 그렇지만 손가락만 놀리는 거랑 이건 다르잖아."

강예슬의 말에 정현수가 동의한다. 놀고먹는 한시민도 고개를 끄덕였다.

레벨에 미련을 버린 그마저도 경험치 바를 보면, 가끔 몬스터를 잡으면 한숨이 절로 나오는데 저들은 어찌하겠는가.

온종일 사냥을 해도 레벨이 오를 생각을 안 한다.

빠르면 3일.

그마저도 최대 효율의 몬스터를 찾고 경험치 버프를 받고 나서.

온라인 게임에서 1레벨을 올리는 데 하루 24시간 사냥 기준 3일 걸리던 것과 비교조차 할 수 없는 사냥 피로감이 유저를 덮칠 것이다.

그런데도 버티고 사냥하는 스페셜리스트가 대단한 셈. 아마 셋이 아니라 혼자였으면 불가능했을 테다.

"어렸을 때 생각난다."

"그거 벌써 50번은 들었다."

"그래도 또 들어."

또 이렇게 잘 통하는 사이가 아니었다면 역시 힘들었겠지.

노고에 한시민이 박수를 쳐 주었다.

진짜 저들은 재벌 주제에 부지런하다. 자신들이 좋아하는 게임이니 그럴 수 있다고 쳐도 너무 부지런하다.

저런 사람들은 무언가를 이룰 자격이 있다.

“시민 오빠, 그런데 강화하러 안 가? 제국의 검인가 뭔가 강화해야 한다며. 벌써 3주 넘게 지난 거 같은데.”

“우리 설아 씨 레벨이 더 중요해.”

“나는?”

“넌 그냥 행사 상품 같은 거지.”

해서 한시민은 감동한 만큼의 배려를 베풀었다. 그만큼 받은 게 많긴 하지만 뻔뻔함은 그걸 배려로 만들었다.

‘원래 버프 주면서 하루의 반은 강화해도 됐었으니까.’

한 번에 두 가지 일을 하는 건 그의 취향이 아니다.

돈만 되면 못할 것도 없지만 제국의 상징 강화는 그저 황제의 환심을 조금이라도 더 사 나중을 대비하기 위한 것임과 동시에 혹시 구매자가 나타나면 조금이라도 더 바가지를 씌우기 위함일 뿐.

돈이 있어도 못 산다는 건물을 선뜻 싸게 팔아준 정설아의 배려에 비할 바 있을까.

오늘도 그렇게 한시민에게 농락당한 강예슬이 입술을 삐죽

이며 다른 화제를 꺼냈다.

끊임없이 말을 해야 한다. 그래야 사냥 분위기가 끊이지 않는다. 사냥한다는 생각을 머릿속에서 지우고 그냥 노가리 까는 김에 운동한다는 인식이 들 정도가 되어야 한다.

나를 잊고 사냥을 잊는 무아지경의 경지!

"아! 그리고 요즘 난리라던데."

"왜?"

"중동 최대 석유 기업 있잖아. 거기서 요즘 그냥 전 세계에 갑질을 그렇게 해댄다던대."

"웬 갑질?"

"뭐 갑질이라기도 그런데. 그냥 자기네 불리한 조항만 보이면 아주 온갖 트집을 다 잡는대."

"갑자기 왜 그러지?"

"모르지. 아빠가 말해준 거야."

이야기는 현실과 게임을 구분하지 않고 생각나는 대로 튀어나온다. 제법 흥미가 돋는 이야기에 다들 느려졌던 사냥 속도를 충전시키며 대화의 꽃을 피웠다.

"피해 의식 있나?"

"설마. 석유 재벌이?"

"어디서 사기당했을 수도 있지."

"누가 감히 그런 사람한테 사기를 쳐. 당하면 당했지."

"혹시 모르잖아. 현실에서 돈 버는 게 너무 재미없어서 판타스틱 월드 할지도."

"……."

원래 뒤에서 하는 이야기는 소설로 만드는 게 제맛!

없던 이야기도 있던 것처럼 꾸며보고 온갖 가정을 해댄다. 그러다 보니 어느새 현실의 이야기가 판타스틱 월드와 연동되어 지금껏 생각으로만 했던 가정들을 내뱉기 시작했다.

"그러고 보니 그 석유 재벌. 이름 뭐였지. 어쨌든 그 사람이 켄지 아니냐는 이야기 많지 않았어?"

"돈 쓰는 거 보면 없는 가능성은 아니지."

"그만한 돈, 나이대도 비슷하고 외모야 적당히 변조하면 알아보기도 힘들고."

특히 재벌들이기에 더했다. 재벌은 재벌이 안다고 같은 재벌이라도 갖고 있는 자산이 다르지만 어쨌든 영 가능성 없는 소리가 아니라는 추측들이 튀어나왔다.

그런 추리들에 한시민이 내려다보다 피식 웃었다.

"저기, 그 켄지일지도 모른다는 석유 재벌 돈 많죠?"

"많지. 땅만 파면 기름 나오는 나라의 석유 80% 이상을 그 사람이 파니까."

"그럼 300억쯤은 캠프파이어 하는 데 써도 별로 아깝지 않겠네?"

"그러겠지. 자기만 즐거우면 뭐."

강예슬의 대답에 한시민이 유쾌하게 답을 내렸다.

"그럼 아냐."

"응?"

"그 사람 켄지 아니라고."

너무나 당당한 대답에 세 사람은 잠시 할 말을 잃었다.

물론 추측이긴 하다. 하나 한시민처럼 저렇게 대책 없는 추측은 아니었다.

"왜?"

절로 질문이 튀어나온다. 한시민은 망설임 없이 대답했다.

"일단 이름이 켄지잖아. 일본인 아냐?"

"……게임 닉네임이잖아."

"중동 사람이 친일파라고?"

"……."

뭔가 말이 이상한데 묘하게 설득력 있네.

하지만 그걸로 납득될 수 없었다.

"그거야 자기 마음이지. 들키고 싶지 않아서 일본인인 척할 수도 있고. 일본에도 그럴 만한 재벌이 몇 명 있으니까."

"하긴……. 그래도 아냐."

"아니, 대체 왜?"

그럼에도 한시민은 당당했다. 아직 밝히지 않은 진짜 이유가 있었기에.

잠시 뜸을 들이던 한시민이 정말 얼굴에 철판을 깔고 내뱉었다.

“만약 진짜 켄지가 그 중동 부자라고 쳐?”

“응.”

“그럼 이게 나한테 300억 뜯기고 화가 나서 피해 의식 때문에 다른 나라들, 기업들한테 화풀이한다는 거잖아?”

“그렇지.”

“게임에서 화난다고 별 상관도 없는 사람들한테 화풀이한다고? 그렇게 부자가? 300억 따위 그냥 길 가다 잃어버렸다고 생각해도 되는 사람이? 혹여 손해로 이어질 수도 있는 사업에서?”

“……그렇긴 한데 그 사람은 그래도 되는 사람이야.”

미래 신개발 에너지가 나오지 않는 이상 석유 산업은 언제든 갑이니까.

굳이 석유라는 무기가 없어도, 그가 가진 돈은 이미 그런 갑질을 하고도 남을 만큼의 위치를 만들어준다.

요즘 들어 돈의 위력을 아는 한시민이 고개를 끄덕였다.

확실히 그럴 수도 있겠네.

해서 꺼내 들었다. 결정적인 증거를.

납득할 수밖에 없으리라, 이건.

"결정적으로 켄지는 만족했어."

"뭘?"

"나와의 거래."

"……."

"300억이 아깝지 않은 거래였을걸?"

한시민의 뻔뻔한 개소리에 다들 대답하지 않고 다시 사냥에 전념했다.

Episode 37.
대격변

1

그저 사냥하다 튀어나오는 허언증이나 재미를 위해 내뱉은 농담이라 치부하고 웃으며 넘겼다.

"그럼. 만족할 거야. 켄지도 분명……."

"과정이야 어찌 됐든 결과만 좋으면 되니까요. 하하."

뭔가 켄지에게 미안해지는 기분이랄까.

하나 스페셜리스트에게 중요한 건 지금의 그들이다.

굳이 상관도 없고 따지자면 적인 켄지를 위해 한시민의 자빽을 깰 필요는 없겠지.

"아, 배고프다. 우리 나가서 외식이나 할까?"

"그냥 육포나 뜯어."

서둘러 화제를 돌렸고 한시민도 양심은 있는지 더 이상 그 부분에 대해 파고들며 언급하지는 않았다.

그렇게 별다른 일 없이 지겨운 사냥은 계속되었고 이브가 다가왔다.

12월 24일.

사랑이 가장 만개하는 날!

한 달 전부터 모텔, 호텔 가리지 않고 전부 예약으로 가득 차버린다는 그날.

하지만 올해는 달랐다. 여전히 거리엔 사람들이 바글거리고 숙박업소들의 웃음소리가 가득했지만 작년만 하지 못했다.

많지만 비교하면 적다.

이것이 갖는 의미는 크다. 아주 크다.

"판월이 진짜 깊숙이 뿌리 뻗긴 했나 봐."

"거기를 현실로 생각하는 사람도 많을걸?"

"자아 성찰의 시간인가요?"

"……."

1년에 한 번뿐인 특별한 날.

크리스마스라는, 예수의 탄신일이라는 중요한 날에 치를

역사적인 밤을 현실이 아닌 판타스틱 월드에서 보내는 사람들이 많다는 것. 그것은 그만큼 판타스틱 월드가 더 이상 게임을 즐기는 유저들뿐 아니라 취미로만 가끔 접속하거나 아예 손도 대지 않는 사람들에게까지 중요한 일상이 되었다는 뜻이니까.

늘 걷던 거리, 보던 영화, 사랑을 나누는 침대.

벗어나고자 하는 욕망을 펼치는 것이다. 판타스틱 월드에서.

특히 눈이 내리지 않는 크리스마스이브이기에 더할지도 모른다.

"와, 이 정도면 파리 날리는 수준인데?"

"역시 투자는 판타스틱 월드에 하는 게 답이야."

덕분에 오랜만에 현실로 접속한 스페셜리스트는 희귀한 풍경에 흥미를 느끼며 술을 마실 수 있었다.

어차피 룸으로 된 공간이라 사람이 많든 적든 소음에 노출될 일은 없지만 거리에 다니는 사람들의 머릿수를 가늠하기엔 충분한 곳. 절로 걱정부터 된다.

"한 철 장사하는 사람들 통곡이 들리네, 들려."

기업을 운영하게 될 정현수로선 당연한 예측이다.

물론 동정을 느끼진 않는다. 시장의 흐름을 읽는 건 경영인이라면 가장 먼저 해야 할 일.

우스갯소리로 앞으로 투자는 판타스틱 월드에 해야 한다는 말이 나오는 게 아니다.

당장 게임이 출시된 지 반년도 지나지 않아 벌어지는 광경을 보라.

아니, 가늠할 필요도 없다. 구체적인 지표가 눈앞에 있다.

"크, 역시 남자는 투자를 해야죠."

"오빠, 부럽다. 리치 영지에 근 일주일 동안 발 디딜 틈도 없이 사람들이 몰려온다던데."

"말도 마라. 대륙 반대편에서 오는 사람들도 널렸다."

"진짜 오빠는 평생 놀고먹어도 되겠다."

"놀 시간이 어디 있어. 리치 영지 만드는 데 들어간 돈이 얼만데. 아직 더 넓혀야 하고."

영지를 이색적인 테마로 꾸밀 생각을 한 한시민!

크리스마스이브를 주제로 커뮤니티에 몇 가지 홍보와 할인 혜택을 공지한 뒤로 방문하는 유저의 수가 늘었다.

역시 한 철 장사임엔 변함이 없지만 이렇게 소문이 나고 리치 영지의 매력을 알게 된다면 언제든 사람들은 방문해 판타스틱 월드에서만의 특별한 날을 즐기려고 할 것이다. 결과적으로 돈은 한시민이 벌게 될 테고.

"마셔! 마셔! 오늘 내가 쏜다!"

"오늘 진짜 필름 끊길 때까지 마실 거야."

해서 기분 좋게 쏠 수 있었다.

손이 떨리는 건 본능적인 절약 정신이라 어쩔 수 없지만 머릿속은 이미 계산에 관한 건 지워 버렸다.

그래, 오늘 하루만 좀 쓰자. 300억도 벌었잖아.

크리스마스이브의 밤이 불타올랐다. 네 솔로의 질주와 함께.

2

이렇듯 하루, 날을 빼고 현실에서의 삶을 오랜만에 즐기는 사람들이 있는가 하면 이브고 뭐고 날짜 개념 자체를 잊고 판타스틱 월드에만 전념하는 유저도 많았다.

판타스틱 월드만의 색다른 테마를 즐기며 이브를 보내려는 사람들이 아닌 진성 게임 유저들.

한시민처럼 커플은 아니지만 그래도 함께 술을 마시면 연인이 아니더라도 연인들보다 더 부러움을 살 만큼의 친한 여자들이 없는 사람들.

"피해!"

"찔러!"

"광역 패턴입니다!"

혹은 있으면서도 게임이 더 중요한 이들. 그런 이들은 이브임에도 열심히 뛰어다녔다.

메인 퀘스트를 진행하는 원정대의 경우는 말할 필요도 없으리라.

"이것만 죽이면 됩니다. 조금만 더!"

남부 운무의 해안.

사대 금지 중 한 곳인 이곳을 둘러싸고 있는 운무의 숲속에서 마지막 메인 퀘스트 2막이 진행되고 있었다.

네 개의 금지를 중심으로 범위를 나눠 따로 진행되는 4개의 메인 퀘스트.

아인 왕국을 중심으로 한 북부가 가장 먼저 클리어되었고 시간을 두고 그들의 클리어 영상을 보며 시간을 두고 동부와 서부가 클리어한 뒤 남부만 남겨두고 있는 상황.

어려움은 없었다. 전부 똑같진 않지만 메인 퀘스트의 내용은 비슷하니까.

적어도 지금까지는.

금지로 향하는 전 맵에서 수백 년 전 마족들이 오가던 게이트를 파괴하라.

그곳에 거주하는 몬스터 수준에 대해선 이미 북부가 수많은 영상을 통해 증명했으니 나머지는 스펙만 갖추고 숫자만 맞추면 그만이었다. 보스 레이드야 날고 기는 유저들이 수천만 중 적어도 수만 명은 될 테니 문제 될 건 없고.

1막에선 한시민과 나머지 유저들의 격차가 워낙 심해 시간의 차이가 조금 났지만 2막에선 많이 좁혀진 상태였다.

물론 늦었다는 건 변하지 않는다.

단 하루, 아니, 1시간, 1분이라도 늦게 클리어하면 2등이다. 공식적인 랭킹에 등록되진 않지만 유저들은 그런 것만으로 최초를 나눈다.

최초에게 돌아가는 물질적인 보상이 없음에도 그토록 유저들이 원하는 이유는 하나.

온전한 노력임을 인정받기 위함.

트라이하고 실패하는 것에 정당성이 부여된다. 최초가 아닌 자들에겐 그저 차려진 밥상을 얼마나 잘 떠먹느냐에 대한 이야기만 할 권리가 주어진다.

그 차이다. 사소하지만, 큰.

해서 남부 유저들은 어금니를 꽉 깨물 수밖에 없었다.

최초도, 2등도 아니고 꼴찌다. 네 개의 금지 중 가장 늦게 클리어한다.

자존심이 상할 수밖에.

이미 상할 대로 상한 자존심에 클리어까지 못 하면 그야말로 개쪽이다.

비공개로 진행하는 레이드일지언정 결국엔 알려지게 된다.

깨야 한다.

이들이 크리스마스이브임을 잊고 이를 악문 채 레이드하는 이유.

그런 간절함은 인간을 발전시킨다. 쓰러지지 않을 것만 같았던 보스 몬스터가 쓰러졌다. 몇 날 며칠을 지새우며 매달렸던 레이드의 끝. 살아남은 유저들의 표정이 밝아졌다.

고생 끝이 낙이 온다!

게이트를 파괴하고 보상을 얻는다. 나머지 세 개의 금지에서 진행된 메인 퀘스트를 통해 보상이 대충 어느 정도 수준인지도 아는 이들이 조심스럽게 게이트를 파괴했다. 설렘을 안고.

우리도 스페셜 아이템 하나 먹어보는 건가.

분배의 문제는 닥치지도 않았는데 신경 쓰지 않기로 했다. 이미 원정대를 만들며 정해놓은 사항이기도 하다.

지금 중요한 건 얼마나 좋은 게 뜨느냐!

게이트가 무너진다. 그리고 홀로그램이 등장한다.

[퀘스트를 완료했습니다.]

['시나리오 퀘스트: 2막'이 클리어됩니다.]

['시나리오 퀘스트: 3막'이 오픈됐습니다. 모험가들은 충분한 실력을 입증함으로써 세 번째 막을 진행할 자격을 얻습니다.]

여기까진 영상과 커뮤니티에서 본 것과 다르지 않다. 해서 대수롭지 않게 넘기려 했다. 그보단 떨어지는 보상들에 시선이 갔으니까.

하지만 그럴 수 없었다. 커뮤니티나 영상에서 발견하지 못한 새로운 홀로그램들이 눈앞에 나타났기에.

[네 개의 봉인석이 파괴되었습니다.]

[봉인이 해제됩니다.]

"응?"

"뭐지?"

무슨 봉인석?

보상에게 다가가려는 유저들의 발걸음이 멈칫했다.

뭔가 이상한데?

여기 모인 이들은 비록 다른 곳보다 늦긴 했지만 메인 퀘스트를 깰 만큼 게임에 열정을 갖고 실력도 있는 베테랑들이다.

새로운 국면으로 접어드는 새로운 홀로그램!

그것이 갖는 의미가 결코 가볍지 않다는 것쯤은 안다.

자연스럽게 긴장이 내려앉는다.

그러거나 말거나 홀로그램은 계속해서 그들의 시야를 어지럽혔다.

[마기가 대륙에 스며듭니다.]

[마기를 머금은 게이트가 생성됩니다.]

"……."

분명한 건 결코 긍정적인 단어들은 아니라는 것.

유저들의 표정이 심각해졌다.

"우리가 깬 게 봉인석이라고?"

머릿속을 정리할 시간도 없었다.

[봉인석의 자연 파괴를 막았습니다.]

[마기를 머금은 몬스터 사냥 시 일정 확률로 '마기가 스며든 상자'를 획득합니다.]

정리할 시간도 없이 그냥 스쳐 지나갔다.

홀로그램을 다 읽은 유저들의 시선이 다시금 보상으로 향했다. 찬란하게 빛나는 보상들 사이로 칠흑의 오라를 뿜어내는 상자가 눈에 들어왔다.

홀로그램을 읽은 유저 중 그것이 무엇인지 궁금해하는 사람은 없었다.

원정대장이 다가가 상자를 들었다.

"열지 말지 정하겠습니다."

미리 정하지 못한 변수다. 즉석에서 회의가 열렸고 열자는 쪽으로 결정이 났다. 적어도 마지막 홀로그램은 긍정적인 메시지니 나쁜 일이 벌어지지는 않으리라 판단된 것.

결정과 동시에 원정대장이 '마기가 스며든 무기 상자'를 열었다.

옮과 동시에.

"……."

"……."

작은 상자에서 튀어나오는 기다란 검에 다들 할 말을 잃었다.

물리법칙을 무시하는 크기라서가 아니다. 아이템을 확인한 원정대장이 모두에게 링크를 띄웠기 때문이다.

"……레전더리 아이템?"

이는 곧 커뮤니티에 올라갔다. 사건의 개요부터 마무리까지.

하나 사람들은 개요 부분엔 관심이 없었다.

—1막 때는 이런 거 없었지 않나?

—본격적인 메인 퀘스트 시작인가 봄.

—갑자기 홀로그램 뜬 게 이거 때문이구나.

모든 유저에게 보였던 것이기 때문.

해서 장문의 글은 오로지 스크린샷에만 관심이 집중됐다.

—미친. 랜덤 상자야?

—판타스틱 월드도 결국 운빨 게임이 되는구나.

—너무 환상 갖지 맙시다. 보나 마나 네임드한테만 떨어지고 메인 퀘스트 보스 정도 아니면 레전더리도 안 뜰 듯.

하지만 무엇이든 지루하고 뻔하게 흘러가던 잔잔한 판타스틱 월드의 물결에 돌이 던져진 건 사실이었다.

커뮤니티가 뜨겁게 달궈졌다. 이브에서 크리스마스로 넘어가는 그 밤에!

그 소식은 당연히 술집에 있는 스페셜리스트에게도 전달됐다.

"마셔! 마셔!"

"아니, 잠깐!"

고급 술집의 양주란 양주는 모두 주문하려던 셋을 한시민이 황급히 말렸다. 동시에 외투를 챙기며 문밖으로 뛰쳐나간다.

"이런, X발. 긴급 상황!"

"왜, 오빠. 또 술 사기 싫어서 그러는 거지."

강예슬이 황급히 막았다. 오늘만큼은 도망칠 수 없다는 필사의 의지.

그런 그녀에게 한시민이 커뮤니티 글을 보여주었다.

"……."

비켜서는 강예슬을 보며 휴대폰을 그대로 정설아에게 토스

한 뒤 술집을 나선다.

글을 확인한 셋도 말 한 마디 없이 그대로 뛰기 시작했다.

3

게임은 이제 취미 생활을 떠나 번듯한 직장으로까지 자리 잡는 시대다.

아침에 일어나 세수보다 게임을 먼저 하는 사람도 많고 명절에 할아버지, 할머니께 게임 해서 돈 벌었다고 당당히 말하며 용돈을 건네는 사람도 많다.

그만큼 가상현실게임 판타스틱 월드의 출시에 따른 게임에 대한 사회적인 분위기가 변하고 있다.

그건 아마 돈벌이로써의 게임 시장이 확대되면 될수록 함께 팽창해 나가겠지.

그렇게 게임을 하나의 직장으로 생각하고 돈을 벌겠다는 생각으로 플레이하는 유저들이 가장 중요하게 생각하는 요소는 무엇일까.

당연히 생각하고 잡아야 하는 테마.

접근성이 용이한 분야니만큼 남들과의 차별성이 필요하다.

남보다 빨리 움직여야 하고 남들이 생각지 못한 블루 오션에 뛰어들어야 돈이 된다.

해서 크게 유저들은 그를 위해 잡아야 할 것을 몇 가지로 보고 있다.

우선 레벨.

레벨이 낮으면 뭘 해도 벌리는 돈이 적을 수밖에 없다.

PC 게임 시절에야 저레벨 계정을 수백, 수천, 수만 개 돌리며 티끌 모아 태산을 만들 수 있었지만 캡슐은 아니다.

기껏해야 수백 대다.

수백 대 돌리며 모으는 골드의 양은 한정되어 있고 당연히 레벨을 올려 벌 수 있는 폭을 넓히는 게 훨씬 이득이다.

다음은 장비.

판타스틱 월드는 현실성이 게임 요소보다 뛰어나다 평가받는 게임이다.

제아무리 컨트롤이 좋다 한들 상대의 갑옷을 뚫지 못하면 이길 수 없고 공격력이 드래곤의 가죽을 뚫을 만큼 강력하다 해도 제 심장을 지킬 방어력이 없으면 토끼에게도 죽는 그런 게임.

당연히 장비가 좋아야 한다.

하나 앞의 두 개는 어디까지나 사냥을 통해, 몬스터나 유저와의 전투를 통해 돈을 벌겠다 다짐한 이들에게나 중요한 요소들.

현실성이 높은 만큼 돈을 벌 요소가 수도 없이 많은 판타스틱 월드에선 완벽한 공감을 이끌어 내기 힘들다.

당장 레벨은 낮은데 장사만으로 수백 골드를 버는 유저가 하나둘 나타나기 시작했고, 나무를 캐기도 하고 낚시를 하면서 돈을 버는 이도 있으니까. 노다지만 해도 전투와는 전혀 관련이 없는 자가 아닌가.

그렇기에 개인마다 느끼는 테마는 모두 다르다.

하지만 단 하나. 그냥 게임을 취미 생활로 즐기는 유저들까지 인정하는, 게임에서 돈을 벌기 위해, 아니, 게임을 즐기기 위해 절대로 놓쳐선 안 될 것.

트렌드.

패치와 함께 새로 선보이는 컨텐츠.

메인 퀘스트를 이끌어 가는 것.

새로운 아이템의 등장.

이런 것들을 가장 먼저 붙잡고 이끌어 나가면 돈은 저절로 따라온다.

돈뿐 아니라 이름을 날릴 수 있고 게임 내에서 발휘할 수 있는 영향력도 커진다.

레벨을 원하는 자는 누구보다 빠르게 레벨을 올릴 수 있고 돈을 원한다면 많은 돈을 벌 수 있다.

실제로 스페셜리스트는 트렌드를 선도하고 있었고 메인 퀘스트를 통해 돈 이외에 많은 것까지 얻었다. 가장 큰 수혜자는 역시 한시민이고.

그런 그들이 한눈에 봐도 근 몇 달 동안 판타스틱 월드를 떠들썩하게 만들 것이 뻔히 보이는 아이템을 보고 술이나 마신다?

말도 안 된다.

"미쳤다, 미쳤어."

곧장 집으로 달려온 한시민이 숙취 해소 음료를 마시며 캡슐로 몸을 던졌다. 그의 눈빛은 그 어느 때보다 초롱초롱하고 맑았다.

"역시 인생은 착하게 살아야 해. 기다리다 보면 이런 기회를 주신다니까."

모든 게 컨텐츠다.

마기가 깃든 랜덤 박스의 등장 장소, 주기, 보상 아이템 등등.

접속하자마자 보이는 세 사람과 함께 곧장 뛰기 시작했다. 목표는 네임드 몬스터였다.

대격변.

유저들은 이번 변화를 대격변이라 불렀다.

별다른 이유는 없다. 처음이기 때문이다.

판타스틱 월드가 오픈하고 지금껏 유저의 여부와는 상관없이 짜이고 흘러가던 세상에 유저들이 만들어낸 첫 번째 변화.

그게 비록 대륙에 혼란을 가져다주는 쪽이라 할지언정 개의치 않았다.

–어차피 자연 파괴될 거였음.

–오히려 먼저 파괴한 덕분에 혜택을 받은 거 같은데? 어차피 메인 퀘스트는 결국 마족 강림이 아닌가 싶음.

추리하기 좋아하는 유저는 많다. 스토리에 게임 인생을 거는 유저도 널렸다. 그런 유저들이 단서를 던져 주면 알아서 머리를 굴려 소설을 써내려갔다.

–그러니까 이건가? 결국 풀릴 봉인이지만 유저들이 얼마나 빨리 메인 퀘스트를 깨느냐에 따라 합리적인 보상과 혜택이 있다는?

그리고 현재로서 가장 그럴듯한 이야기가 나왔다.

어찌 보면 합리화다. 또 하나의 세상이자 NPC들이 사는 세상에 혼란을 불러오게 될 메인 퀘스트를 거리낌 없이 진행하기 위한 유저들만의 합리화.

하나 어쩌겠나. 그게 두렵다고 메인 퀘스트를 진행하지 않을 수도 없는 노릇이다.

자기가 하지 않는다면 누군가는 한다.

할 거면 빨리하고 대륙을 지킬 혜택을 조금이라도 더 얻자.

판단을 마친 유저들의 시선은 마기가 깃든 랜덤 상자로 향했다.

—필드 네임드 보스들이 조금 더 강해진 것 같음. 아직 표준편차를 구하진 못했지만 패턴도 다양해지고 강해진 것 같은데?

—ㄴㄴ 그대로인 애들도 있음. 아마 마기가 쓰인 네임드가 랜덤으로 있는 듯함. 그런 애들한테서 상자가 떨어지고.

—상자 하나 주웠는데 이건 장신구네?

—등급 실험해 보신 분.

사실 가장 눈이 돌아가는 부분일 수밖에 없다. 처음 등장한 랜덤 상자 주제에 존재감을 레전더리로 드러내지 않았던가.

지금껏 유저들은 게임을 반년이나 했지만 스페셜 등급의 아이템은커녕 유니크조차 먹기 힘든 실정이었다.

한데 그 이상의 아이템을 먹을 기회가 주어졌다. 네임드 몬스터를 사냥할 레벨과 장비만 갖췄다면 말이다.

어찌 흥분하지 않을 수 있단 말인가.

—이제야 조금 게임 같네.

—내가 살면서 운빨 게임을 이렇게 기도했던 적이 또 있으려나.

—갓겜 인정합니다.

—ㄹㅇ 네임드 노가다 해야겠다.

아직 밝혀진 건 많지 않다. 다만 유저들의 의욕은 벌써 대격변에 적응하고 억만장자가 되는 꿈을 꿀 정도로 대단했다.

그럴 만도 하다.

—반나절 전에 나온 레전더리 검 40억에 팔렸다고 함.

—40억 원요??

강화 실패 시 터지는 십행검을 4, 5강까지 목숨을 걸고 해야 몇억을 벌던 시절이 있었다.

그때도 사람들은 어떻게든 팔자 펴보겠다고 작업장을 돌리고 밤을 새우고 인생을 걸었었다.

그런데 판타스틱 월드에서는 그저 운만 좋으면 40억을 벌 수 있다.

그 과정에 필요한 레벨과 장비와 레전더리 등급까지 나오는 상자가 필요하다는 불리한 조건들 따위가 40억에 심취한 사람들에게 들어올 리가 없다.

사냥을 반쯤 포기하고 게임을 유유자적 즐기려던 사람 대부분이 무기를 들었다.

사냥터가 사람으로 북적거리기 시작했다.

파티가 활성화되고 네임드 노가다만 전문적으로 하자는 글들이 올라왔다.

사냥만 하던 이들은 더했다. 적금을 깨고 여유 자금을 모조리 골드화했다. 아이템을 구매하고 레벨 올리는 데 투자를 아끼지 않았다.

골드 값이 자연스럽게 15만 원으로 올라갔다.

대륙이 좀 더 활기차졌다.

고작 하루 만에 생긴 일이다.

2016년 12월 25일.

눈도 내리지 않는 크리스마스의 낭만을 판타스틱 월드 대격변이 빼앗아 갔다.

그리고.

"야! 토끼들 집합! 흩어져서 대장같이 생긴 놈들 찾아온다. 실시!"

"뀨!"

그중 가장 바쁜 건 역시 한시민이었다.

4

“아, 크리스마스에 이게 무슨 일이야. 이런 날엔 클럽 가야 하는데.”

“가.”

“싫어. 나 빼고 좋은 거 먹으려고.”

“남자가 고프면 아이템을 포기해야 하는 법이란다.”

사냥은 계속되었다. 굳이 대격변이라고 분위기에 맞춰 들떠 버리면 그만큼의 시간을 손해 보는 법이니까.

아직 정확히 밝혀진 건 하나도 없다. 모두가 같은 출발선에서 시작한다.

커뮤니티의 이야기?

믿을 만큼만 믿으면 그만이다. 나머지는 직접 알아가야 한다.

진짜배기 정보는 결국 돈으로 사야 하는데, 이런 좋은 정보를 처음부터 팔려는 사람이 있을까.

해서 설렘은 유지하되 템포는 오히려 늦췄다. 다만 광산을 만들던 수달이 호출되었을 뿐.

“꾸어엉.”

“인마, 광산 같은 건 천천히 만들어도 돼. 한 2년 보고 있으니 너무 서두르지 마라.”

“꾸우어어엉!”

수달의 의견 따위는 가뿐히 무시하고 그쪽으로 투입됐던 토끼들이 산맥을 휘젓고 다닌다.

한 마리씩 따로 움직이기엔 아직 레벨이 부족해 위험하지만 새로운 장비를 착용하기도 했고 몬스터를 만나면 재빨리 도망칠 속도 정도는 되기에 가능한 일.

한참을 사냥하고 있으니 토끼들이 하나둘 복귀했다. 그리고 한 마리가 성과를 보고했다.

"뀨뀨뀨!"

"뭐? 이상한 게이트가 있다고?"

"뀨!"

듣던 중 반가운 소리!

네임드 몬스터가 나타났다 해도 당장 하던 걸 포기하고 뛰어가야 할 마당에 게이트라니.

마기가 깃든 게이트들이 대륙에 등장할 것이라는 홀로그램은 이미 마기가 깃든 상자보다 더한 기대감을 주는 상황.

"가자."

"진짜? 진짜 게이트래?"

"응."

"어떻게 알아? 예전부터 궁금했는데. 테이밍하면 토끼 말도 들리고 그래?"

"그럴 리가 있냐. 그냥 느낌이지."

“…….”

그냥 희망 사항이구나.

하늘을 뚫고 올라가던 기대감이 살짝 꺾였다.

다행히 한시민의 추측은 맞았다.

붉은 마기가 흘러나오는 게이트. 크지 않았지만 작지도 않았다.

“이거 부수면 되는 건가? 몬스터는 없네?”

“형님, 조금 기다려 보죠. 나오는 몬스터들한테도 상자 나올지도 모르는데 게이트만 부수면 아깝잖아요.”

“몬스터는 어떻게 나오지?”

“흠.”

그 앞에서 고민하는 넷.

한시민의 시선이 카르디안을 향했다.

“야, 이거 뭐 아는 거 없냐?”

“……왜 나한테 묻지?”

“옛날에 본 적 있을 거 아냐.”

배신의 아이콘!

전 대륙을 공포에 몰아넣었던 변절자 카르디안!

그녀라면 알지 않을까?

초롱초롱한 시선에 카르디안이 미간을 찌푸렸다.

"시간이 지나면 알아서 넘어온다."

"그게 언젠데?"

"건너편 마족들이 준비가 되었을 때겠지."

"아, 빨리 나왔으면 좋겠다."

"……."

언제부터 마기가 깃든 게이트가 이렇게 길 가다 주운 지갑 취급을 받았던가.

마음속 깊숙한 곳부터 반발심이 올라왔지만 참았다.

그래, 당해보면 알겠지.

수백 년이 지난 만큼 카르디안도 궁금하긴 했다. 인간들이 이토록 변했으니 마족들도 변화가 있지 않을까.

기대와 함께 게이트가 변화를 시작했다. 붉은 마기가 흘러나오기 시작했고.

"캬아아!"

몬스터들이 쏟아져 나왔다.

5

많은 수는 아니지만 대륙 곳곳에서 스페셜리스트가 겪는

현상과 비슷한 일들이 벌어졌다.

랜덤으로 생기는 마기가 스며든 게이트. 그리고 그곳에서 쏟아져 나오는 몬스터.

일반 몬스터와는 다르다. 눈동자가 충혈되어 있고 침을 질질 흘리며 가만히 있어도 몸에서 음침한 오라가 흘러나온다.

마계 몬스터!

마족이라기엔 뭔가 품위가 부족하지만 다들 그 압박감에 있어 별것 아니라는 판단은 하지 않았다. 하기도 힘들었다. 미치광이처럼 생긴 만큼 강했으니까.

"야! 야! 룬!"

"꾸엉!"

전 대륙에 나타난 게이트에서 나오는 몬스터들은 모두 제각각이었다.

스페셜리스트가 만난 게이트에서 나온 몬스터는 불독처럼 생긴 거대한 개들.

덩치가 인간 하나쯤은 덮치면 보이지도 않을 정도로 크고 생긴 게 흉측해 어떤 못생긴 이름을 붙여줘야 할까에 대한 고민을 절로 만들게 한다.

물론 이름 따위 지어줄 만큼의 여유는 없었지만.

"크허헝!"

"으악!"

이런 혼란 속에서 그나마 다행인 점이라면 너무 말도 안 되게 랜덤은 아니라는 점이었다.

안개의 산맥에서 만나는 몬스터들보다는 강하지만 그 수준이 안개의 산맥 네임드 몬스터 수준을 넘지는 않는다.

'게이트가 생기는 해당 사냥터 레벨을 따르되 난이도는 한 단계, 아니, 두 단계 위다.'

가정이 세워졌다. 확신이 아님에도 뭔가 뿌듯하다.

이렇게 하나둘 정보를 쌓다 보면 대륙에 닥친 위기에 대한 모든 걸 알아낼 날이 오겠지.

그리고 돈을 끌어모을 방법도 나오리라.

['룬: 재생 능력' 효과를 300초 동안 적용받습니다.]

[적용 시간 내 체력과 마력 회복 속도가 5,000% 상승합니다.]

['룬: 천벌의 망치' 효과를 300초 동안 적용받습니다.]

[지속 시간 동안 공격력이 100% 상승합니다.]

[두 가지의 룬이 융합되어 '특수 룬: 죽음의 출혈' 효과를 적용받습니다.]

그를 위해 우선은 눈앞의 개떼부터 처리해야 했다.

한시민이 호기롭게 망치를 휘둘렀다. 그리고 외쳤다.

"가자! 카르디안!"

"……."

승리는 겸손하게 다가오고 피해는 크게 느껴진다.

대륙 곳곳에서 나타난 게이트의 소식과 함께 찾아오는 온갖 피해 소식은 대륙민을 공포에 떨게 만들기 충분했다.

"마계와의 게이트가 열렸대."

"그럼 마족들이 쳐들어오는 건가?"

"어떻게 하지?"

그냥 게이트만 열렸으면 이렇게까지 두려움에 떨지 않았을 것이다.

"그곳에서 나온 마계의 몬스터들이 용병들을 덮치고 영역을 벗어나 사람들을 공격한대."

하나 이런 이야기들, 자신들의 삶과 직접적인 영향을 미치게 될 이야기를 들으니 공포를 느낄 수밖에 없었다. 24시간 언제나 영지 내에 있다고 안전을 보장받는다는 확신이 깨진 셈이니.

마계의 몬스터들은 밤이라고 봐주지 않는다. 자고 있는 사이 목덜미를 물어뜯길 수도 있다는 상상만으로 사람들은 두려워했다.

특히 성이 아닌 작은 영지에 사는 이들은 더했다. 가끔, 1년에 한 번 쳐들어올까 말까 하는 대형 몬스터들의 공격에도 두려움에 떨던 이들이다. 그런 그들이 이런 상황에 가만히 있을 수 있을 리 없었다.

이들 중 살고 싶은 이들은 과감한 선택을 했다.

짐을 꾸리고 이동한다.

평생의 터였지만 그만큼 수백 년 전부터 내려오는 마족의 두려움은 컸다. 한 번도 보지 못해 더더욱 그런 것일 수도 있다.

미지의 두려움. 그것이야말로 가장 큰 공포니까.

그런 이야기들이 속속들이 황제에게 전해졌다.

"올 것이 오는가."

황좌에 앉아 있던 황제가 근심에 인상을 찌푸렸다.

"모험가들이 봉인석을 파괴했다고 합니다."

"예정된 수순이지."

하나 보고를 받는 그의 인상은 모험가들에 의한 변화라서가 아니다.

황제는 이미 알고 있었다. 황제에게만 대대로 내려오는 역사서를 통해.

몰랐다면 모험가들이 예전 마계를 이어주던 봉인석의 봉인을 깨도록 그냥 내버려 두지는 않았겠지.

“준비는?”

“각 왕국에 통보한 상태입니다.”

“은밀하게 진행되어야 한다.”

“예, 폐하.”

결국 역사는 정해진 대로 흘러간다.

황제만이 아는 미래.

복잡한 머리를 정리하며 앞으로의 그림을 그려야 한다.

대륙 전체를 포괄해야 하는 황제의 고충은 감히 말로 표현할 수 없을 정도로 컸다.

어느 한 곳이라도 무너지면 안 된다.

비록 폭군의 통치 아래 하나가 된 강제적인 관계라 할지언정 하나가 되어 움직인다는 게 중요하다.

“이제부터 시작인가.”

마기가 깃든 게이트는 시작일 뿐이다. 모험가들이 부순 봉인석은 귤껍질을 깐 수준밖에 되지 않는다.

산맥 너머 4대 금지에 위치한 진짜 봉인석. 마족들이 퇴각하며 훗날을 대비하기 위해 목숨을 버리고 만든 시한폭탄.

그것이 터지면 진짜 마족과의 전쟁이 시작된다.

그리고 그것을 막지 못하면 결국 다가온다. 마왕의 강림이.

해서 초반에 막아야 한다. 마계에선 고작 성 밖에 뛰어다니는 토끼들 정도의 취급밖에 받지 못하는 몬스터들이 넘어오는 초반.

가장 쉽지만 단 한 번뿐인 기회다. 그리고 또 가장 조심해야 한다.

"무엇보다 모험가들에게 절대 알려져선 안 된다."

"예, 폐하."

대륙에 찾아온 손님.

무한한 목숨을 갖고, 죽음에 대한 두려움을 버린 채 대륙민은 결코 하지 못할 모험을 하고, 하루가 다르게 강해지며, 마계와의 전쟁에서 가장 큰 역할을 할 이들.

하나 양날의 검이다. 잘만 사용하면 그 어떤 무기보다 날카롭게 사용할 수 있지만 반대로 대륙을 향한 폭탄이 될 수도 있다. 그들 대부분은 부귀영화를 위해 모험을 하니까.

부귀영화를 위해선 인간이든 마족이든 상관하지 않을 자들이 넘쳐 난다.

모험가가 없던 수백 년 전만 해도 마족의 속삭임에 넘어가 대륙에 큰 위험을 가져온 소수의 인간을 생각한다면 가장 경계해야 할 문제!

"특히 그놈의 귀엔 절대 들어가선 안 된다."

"예, 폐하."

"절대!"

"예."

사실 황제에게도 미지의 적이다.

그에게만 내려져 오는 역사서에 적힌 내용이 아니었다면, 아니, 그것을 보고도 아직 확신하지 못했다.

진짜 마족들이 올까.

하지만 오지도 않은 위협보다 더 두려운 게 있었다.

한시민.

오지도 않을 미래를 지옥에서라도 가지고 나올 놈.

하나 몰랐다. 그런 놈이 대륙 그 누구보다 가장 먼저 마기가 깃든 게이트와 마주했다는 걸.

6

게이트에서 나온 몬스터는 모두 죽였다. 게이트도 무사히 파괴했고.

사실상 카르디안이 혼자 다 잡은 것이나 다름없었지만 승리의 보상은 그녀에게 하나도 돌아가지 않았다.

"원하는 게 있으면 말만 해. 하나 정도는 줄게."

"드래곤 하트."

"그거 말고."

"……."

"없는 걸로 알게."

악덕 주인의 전형적인 모습!

한마디로 카르디안의 공을 정리하고 곧바로 대륙에선 볼 수 없는 마계만의 아이템들을 추리는 모습에 감탄이 절로 나온다.

"노예 부린다는 뜻을 실제로 이렇게 볼 줄이야."

"앞으로 회사에서 노예라고 떠드는 사람들은 시민 오빠한테 보내라 해야겠다."

물론 감탄은 감탄이고 실리는 실리다. 스페셜리스트 역시 처음 보는 물건들에 관심을 보일 수밖에 없었다.

무엇보다 상자. 수십 마리를 잡았지만 단 두 개밖에 떨어지지 않은 마기가 깃든 상자.

하나는 무기고 하나는 방어구다.

서로의 시선이 얽혔다. 그러다 이내 시선들이 한시민을 향했다. 강화하고 까보라는 의미.

한시민이 고개를 저었다.

"우선 한번 그냥 까보죠."

예전 랜덤 상자와 달리 등급이 나와 있지 않다. 강화를 해도 한계치가 올라갈지 말지에 대한 확신을 가질 수 없다는 뜻.

하나 예상은 할 수 있다.

"어차피 이런 잡몹들한테 떨어진 상자에선 별거 안 나올 텐데. 강화비만 아깝잖아요."

좋은 게 나올 리 없다.

마음속 깊숙한 곳에선 혹시나 하는 마음이 슬며시 떠오르지만 현실은 냉철하다.

"그래도 내 운이 있는데 레어 정도는 나오겠지."

냉철한 판단과 함께 한시민이 망설임 없이 무기 상자를 열었다.

아직도 커뮤니티에 올라온 영상이 눈에 선하다. 뭔지도 모르고 연 상자에서 나오는 레전더리 등급의 검. 그리고 그들이 벌었을 40억.

그 시작이다.

상자에서 활이 튀어나왔다.

"나쁘지 않네."

근접전을 꺼리는 유저가 많이 사용하는 무기. 수요는 많다.

등급은?

"……."

확인한 한시민이 군말 없이 다른 이들에게 넘겼다.

아무런 빛도 없고 뭔가 있어 보이지도 않는다.

노말.

랜덤 상자의 현실을 목격한 넷의 환상이 깨졌다.

그건 스페셜리스트만이 아니었다. 온 대륙에 새로운 컨텐츠를 즐기기 위해 결성된 수많은 파티가 겪어야 했던 현실이었다.

마기가 깃든 게이트에서 나온 몬스터들은 쉽게 찾을 수 없었지만 마기에 노출된 네임드 몬스터들을 찾는 건 어려운 일이 아니었으니.

하나 거기서 레전더리 등급의 아이템이 떴다는 소식은 하나도 들려오지 않았다.

하루, 이틀, 일주일이 지나서도.

레전더리는커녕 스페셜, 유니크도 없었다. 그리고 유저들은 깨달았다.

그건 초심자의 행운이었구나. 판타스틱 월드도 어쩔 수 없는 게임이었구나.

—빌어먹을. 베타고가 PC 게임 참고했을 거란 걸 망각하고 있었다.

—일정 수준의 네임드 이상이 아니면 한계치도 막혀 있을 듯.

—아예 노말 아이템만 나오게 만든 거 아님? 난 상자 까서 레어 이상 먹었다는 글을 못 봤다.

—저 레어 먹긴 함. 그런데 렙제가 20임.

환상은 깨지고 현실의 눈은 낮아진다. 일확천금을 바라던 유저들은 자연스럽게 해산되었지만 그렇다고 열기가 가라앉지는 않았다. 어찌 됐든 새로운 컨텐츠의 등장이었기 때문.

—그래도 랜덤이니까. 언젠가는 나오겠지. 원래 드랍되던 게 안 나오는 것도 아니고 보너슨데.

—그리고 상자에서 나오는 아이템엔 못 보던 옵션들도 붙던데?

—마계 아이템이라 그런가?

그렇게 적응될 때쯤 유저들에게 또 다른 소식이 전해졌다.

—속보! 지금 무슨 게이트 부수러 간다고 왕국마다 현상금 걸고 난리 났음. 몬스터들이 영지 공격한다고 제국 황제가 화난 모양이던데. 일정 레벨 이상이면 유저도 군대 들어갈 수 있고 아니면 길드에서도 유저 많이 뽑는 모양임. 한번 잘 찾아보셈.

—와, 나 군대 들어왔는데 대박임. 무기랑 갑옷 공짜로 주고 매달 돈도 주네.

—중저렙들은 군대 들어가는 거 나쁘지 않을 듯.

—난 NPC 길드 들었는데 생각보다 차별 없네? 오히려 유저라고

더 잘해주는 거 같은데.

—그거 길드 선발전에서 유저들이 죽어도 다시 살아나는 거 때문에 더 열심히 싸운다고 NPC들이 유저들 많이 탐낸다고 들었음.

새로운 기회! 지루하게 사냥하고 레벨만 올리며 장비를 맞추던 유저들에게 주어진 새로운 길!

반년이라는 시간 동안 모험가와 NPC 사이에 세워져 있던 거대한 벽이 메인 퀘스트 3막의 오픈과 함께 조금 부서졌다. NPC들은 유저만의 이점을 찾아냈고 유저들은 NPC들과 어울렸을 때 얻게 될 이익을 발견했다.

서로의 이점을 위해 윈윈하는 훌륭한 사회의 시작!

대격변의 가장 큰 변화는 이것이었다.

7

한시민은 빠르게 판단했다.

어지간한 놈들론 안 된다. 강화석을 투자할 가치도 없는 상자를 캐는 데 시간을 낭비할 순 없다.

안 그래도 1골드에 15만 원이 넘어버린 현시점에서 강화석 15개면 200만 원이 넘는다. 그만한 가치를 투자하고 얻는 무기는 최소 천만 원은 되어야 한다. 그러려면 유니크 등급은 떠야 한다.

“전 떠나려 합니다, 파밍하러.”

“저희는 우선 레벨 업 할게요.”

“네.”

해서 이별을 하기로 했다.

100레벨까지는 도와주기로 했지만 그렇다고 일상을 아예 포기하고 스페셜리스트에게만 붙어 있을 수도 없는 노릇.

어차피 게임을 접지 않는 한 레벨 업의 길은 평생 열려 있으니 지금 당장 경험치 버프를 못 받는다고 손해 보는 것도 아니었기에 정설아는 흔쾌히 고개를 끄덕였다.

마음 같아선 그녀도 함께 한시민과 더 깊숙한 곳으로 들어가고 싶었다. 더 강한 몬스터와 안정된 상황에서 싸워보고 싶었고 스펙 업 하고 싶었다.

하나 그보다 지금은 레벨 업이 중요한 시기다. 특히 지금처럼 새로운 컨텐츠로 유저들의 심기가 뒤숭숭할 때는 더더욱.

랭커들과의 격차를 벌릴 절호의 기회.

꿋꿋이 계획된 바를 향해 달려간다. 스페셜리스트 역시 상자는 중요한 컨텐츠가 될 것이지만 그렇다고 지금 당장 하지 않으면 세상에 무너질 정도는 아니다.

조금의 시간을 투자한 결과 내린 결론.

“사면 돼.”

돈 있는 자만이 내릴 수 있는 결론.

어차피 좋은 아이템이 나올 확률도 낮을뿐더러 나오면 결국 시장에 풀리게 마련. 그때 구해오면 된다.

유저들이 NPC들과 한 걸음 가까워질 수 있는 많은 길 역시 스페셜리스트에겐 그리 큰 의미로 다가오지 않았고.

무엇보다 그들은 한시민을 믿었다.

"저만 믿으세요. 레전더리 무기 가져옵니다."

아니, 돈을 향한 그의 열정을 믿었다.

메인 퀘스트 3막의 내용은 오픈되지 않았다.

최소 레벨이 100은 넘어야 하니 당연한 이야기.

하나 유저들은 너도나도 이미 알고 있다는 듯 자연스럽게 마기가 깃든 게이트를 깨부수러 다녔다.

그건 사회적인 흐름이었다.

황제가 공표했으며 왕국들에선 게이트에 현상금을 걸어 길드들에게 파괴하라 명했다. 군대도 영지를 침범한 몬스터들을 토벌하기 위해 출동했고.

어느 정도 NPC들에게 스며들 길이 생긴 유저들에겐 거부할 수 없는 흐름.

하나 이런 분위기는 생각보다 과열되지는 않았다. NPC들이 적정선을 유지하기 때문이다.

마계의 몬스터들이 나타나지만 당장 세상이 멸망할 것 같진 않다.

그냥 쳐들어오니 막는 느낌. 미래를 위해 게이트를 부수는 기분. 딱 그 정도다. 보상도 그 정도고. 그러니 흥을 내려고 해도 날 수가 없지.

—생각했던 것만큼 과열되진 않네.

—뭔가 빵빵 터질 줄 알았는데.

—시작이 너무 셌음. 레전더리라니. 노말 박스에서 그런 게 나온 건 오류 같음. 아무리 생각해도.

대격변과 함께 맞이한 새해.

유저들의 기대는 점차 사그라졌고 마계 컨텐츠가 자연스럽게 그들 사이로 자리 잡았다. 원래 다가올 컨텐츠였다는 듯.

다만 아예 기대가 사라진 건 아니었다.

—100렙 찍고 3막 공개되면 뭔가 있지 않을까?

—그냥 마기가 깃든 게이트가 생겼을 리는 없는데.

—부순 게 봉인석인데 마족들이 나타나지 않으면 뭔가 더 있을

것 같기도 하고.

—궁금하다.

결국 게임이다. 스토리가 존재하고 이대로 흘러간다면 마족이 나타나야 정상이다.

유저들이 확신할 수 없는 건 단 하나. 현실성이 워낙 넘치기 때문.

어떤 선택을 하느냐에 따라 결과가 변한다. 처음부터 잘 막으면 마족들이 나타나지 않는 결과가 나올 수도 있다.

이를 두고 수많은 의견이 오갔다.

—그래도 마족이 나오는 게 좋지 않음?

—무슨 소리. 게임 망하는 꼴 보고 싶음? 지금 유저 수준으로 마족이 무슨 말임.

—ㅇㅇ 적어도 레벨 오를 때까지는 통제해야 함.

당장 길 가다 만나는 오우거 하나 잡지 못하는 자들의 아우성!

커뮤니티가 식을 날이 없었다.

8

온갖 변화에 맞춰 발 빠르게 움직이는 유저들. 그 가운데 한시민은 초심을 유지했다.

“저놈이다.”

“잡을 수 있다고 생각하는 거냐.”

“왜? 강해?”

“지금까지 보았던 마계의 잡것들과는 다르다. 최소 최하급 마족이다.”

“호오, 그럼 꽤 괜찮은 상자를 떨어뜨린다는 거 아냐?”

“……죽여야 나오겠지.”

미지의 산맥 너머, 미지의 땅의 초입 근처.

그 애매한 경계선에서 한시민은 결국 원하던 바를 찾았다.

그래도 무언가 쓸 만한 상자를 떨어뜨릴 것같이 생긴 몬스터! 적어도 메인 퀘스트 2막의 마지막 보스 몬스터 정도의 강함을 가지고 있는 놈!

우람한 근육에 거대한 도끼를 들고 있는 뿔 달린 마족을 보며 침을 삼켰다.

마족도 시선을 느꼈는지 이쪽으로 시선을 돌렸다.

역사적인 순간.

한시민이 침을 삼켰다. 호기를 부렸지만 딱 봐도 강해 보인다.

강할 것이다.

당장 혼자선 저 마족이 아니라 이 근처에서 나오는 몬스터도 상대하기 쉽지 않다. 그만큼 이곳 사냥터의 레벨은 높다.

"디안아, 너만 믿는다."

"……."

진심으로 카르디안이 없었으면 도전조차 하지 않았을 것이다. 그는 가능성 없는 도전에 아이템을 걸 만큼 무모한 자가 아니니까.

어이없어하는 그녀에게 아공간에서 레어에서 훔쳐온 마정석들을 건넨다.

"이번 한 번만. 딱 한 번만 잡으면 돼."

"……."

한시민에게 필요한 건 단 한 번의 행운. 남들에게 보여줄 수 있는 사례가 필요하다.

"그 남부 원정대처럼 열었을 때 레전더리 나오면 3년은 부자로 살 수 있어."

한시민은 운발 게임을 너무나도 잘 안다. 그가 확률을 만질 수 있기에 더더욱 그렇다. 확률로 돈을 버는 건 힘들뿐더러 조작할 수 없는 확률은 건들 필요도 없다.

해서 한 번만 고생하고 안정적으로 돈을 벌리라.

"칭찬 포인트 3점 줄게."

"칭찬 포인트?"

"어, 이거 100점 모으면 깔끔하게 하트 돌려주고 우리 관계는 빠빠이. 콜?"

그를 위해 그녀가 원하는 것쯤은 얼마든 줄 수 있다.

다 먹고살자고 하는 짓이니까.

카르디안이 고민하다 고개를 끄덕였다. 그녀에게도 쉽지 않은 전투다. 마력이 찬다 한들 한계치가 존재하기에.

하나 걱정하지는 않았다. 얼마 차지 않은 마력을 폴리모프하지 않고 마법을 쓸 것인가, 폴리모프하여 육탄전을 벌일 것이냐의 결과는 모두 같으니까.

"야, 수달아. 룬 써줘."

"꾸어엉!"

홀로 대륙을 누빌 땐 느끼지 못했던 동료의 중요성!

차오르는 힘을 느낌과 동시에 최하급 마족에게 드래곤의 마법들이 쏟아졌다. 제삼자가 보았다면 오버 밸런스의 드래곤을 데리고 다니면서 너무 시시하게 쓸어 담는 거 아니냐는 말이 절로 나올 정도의 행보.

하나 한시민은 그런 걸 신경 쓸 사람이 아니다.

"잘했어. 칭찬 포인트 3점. 잘 계산해 둬. 잊으면 처음부터니까."

중요한 건 눈앞의 보상과 꿀!

장신구 상자가 나온 걸 보는 한시민의 입꼬리가 올라갔다.

사실 도박이었다.

확실하지 않은 도박. 하는 한시민조차 의문이 드는 도박.

'이게 과연 그만한 등급이 될까?'

최하급 마족에 대한 의심.

"충분하다."

드래곤의 확언에도 믿지 못했다. 애초에 자신 외엔 그 누구도 믿지 못하기에 당연한 이야기.

너무 쉽게 잡았다. 그만큼 카르디안과 연계되는 수달의 버프가 사기라는 점은 생각지 못했다.

"흠."

고민하다가 이내 결정을 내렸다.

"생방송으로 간다."

녹방과 생방의 갈림길.

두 개의 차이는 명확하다. 녹방의 경우 원하는 결과가 나오지 않으면 안 올리면 그만이지만 생방은 다르다.

"인생 뭐 있냐."

카르디안을 한번 믿어보기로 했다.

"레전더리 안 뜨기만 해봐. 드래곤 하트고 뭐고 바로 내 주둥이 속으로 들어간다."

"……."

그렇게 방송이 켜졌다.

긴 광고를 달래주는 상큼한 카르디안의 얼굴과 함께 유저들은 평소보다 더 많은 채팅을 쳤다.

방제부터 마음을 설레게 만들었기 때문.

–랜덤 노말 상자 깐다고?

–15강 랜덤 상자라는데.

–오, 대박. 유니크쯤 나오려나?

–레전더리 노린다잖아.

근 2주간 제대로 된 소식이 들려오지 않은 상황에서 유저들은 하나같이 한시민이 방송을 켜기를 기대했다.

무언가 들고 오지 않을까.

판타스틱 월드 최초의 레전더리 아이템 보유자.

그라면.

강화의 신이라면.

역시 시청자 만 명 돌파는 금방이었다. 게임 방송에서 가장 시청자를 많이 끌어올 수 있는 컨텐츠인 강화와 랜덤 상자라는 두 가지가 함께 있었기 때문이다.

한시민은 뜸 들이지 않고 침울한 마기가 흘러나오는 상자를 보여주었다. 그리고 강화를 시작했다.

1강부터 하나씩. 모든 과정을 끊지 않고 공개했다. 중간에 만나는 몬스터를 잡는 것까지 모두!

시간은 꽤 걸렸다. 거기에 시청자들은 15분에 한 번씩 1분 동안 광고까지 봐야 했다.

그게 반나절이었다. 불평불만은 없었다.

[아이이슈 님이 강퇴당했습니다.]

참지 못한 이들은 사라졌고 나름의 재미는 있었으니까. 카르디안 얼굴 보는 것만으로도 대부분은 용서가 되었고.

우여곡절 끝에 15강 상자가 완성되었고 마지막 광고와 함께 한시민이 상자를 열었다. 천하의 한시민마저 여는 손이 떨릴 정도의 긴장감이 방송을 통해 그대로 전해졌다.

15강까지는 그의 능력으로 이끌어 왔지만 여기서부턴 진짜 운이다. 축복의 반지를 얻을 때처럼 정해져 있는 건 아무것도 없다. 확률이 높아졌겠지만 상자의 한계치가 유니크면 결국 그 이상은 뜨지 않는다.

'이게 얼마 만의 랜덤이냐.'

확률을 바꿀 수 있게 된 다음부터 손댈 수 없는 확률은 쳐다보지도 않았다.

"후."

제어되지 않는 떨림을 즐기며 상자가 열렸고.

상자에서 하나의 펜던트가 튀어나왔다.

―뭐지?

―뭐야?

온갖 의문이 한시민을 독촉했지만 그는 굴하지 않고 먼저 옵션을 확인했다. 동시에 인상이 찌푸려졌다. 그리고 이내 끝까지 읽더니 환하게 웃었다.

[피의 원한]

* 등급: Special

* 착용 레벨: 70

* 방어력: 100

* 특수 옵션 1: 흡수하는 피의 일부를 시전자의 보호막으로 전환

* 특수 옵션 2: 흡수하는 피의 일부를 시전자의 공격력으로 전환

* 특수 옵션 3: 흡수하는 피의 일부로 시전자의 체력 회복

* 마계의 피일 경우 효과 30% 증가

스페셜 등급이지만 레전더리 등급의 아이템이라 봐도 무방할 옵션!

"랜덤 노말 상자? 강화와 함께라면 달라질 수 있습니다. 상자 강화 전문! 나오는 아이템까지 깔끔하게 강화해 드립니다. 가격 문의는 언제든 프로필 확인해 주시고 연락 주세요. 광고 문의도 환영입니다."

원하는 결과는 홍보로 이어졌고 방송이 종료됐다.

방송이 종료됐음에도 시청자들은 방송을 떠날 생각을 못 했다.

—미친. 스전드리 아이템임?

—스전드리ㅋㅋㅋㅋ

—상자에서 저런 게 뜨기도 하는구나.

—차라리 레전더리는 너무 현실성 없었는데 이렇게 방송으로 직접 보니 대박이네.

노말 상자라는 치욕스러운 이름과 함께 사그라지던 불길이 다시 활활 타올랐다.

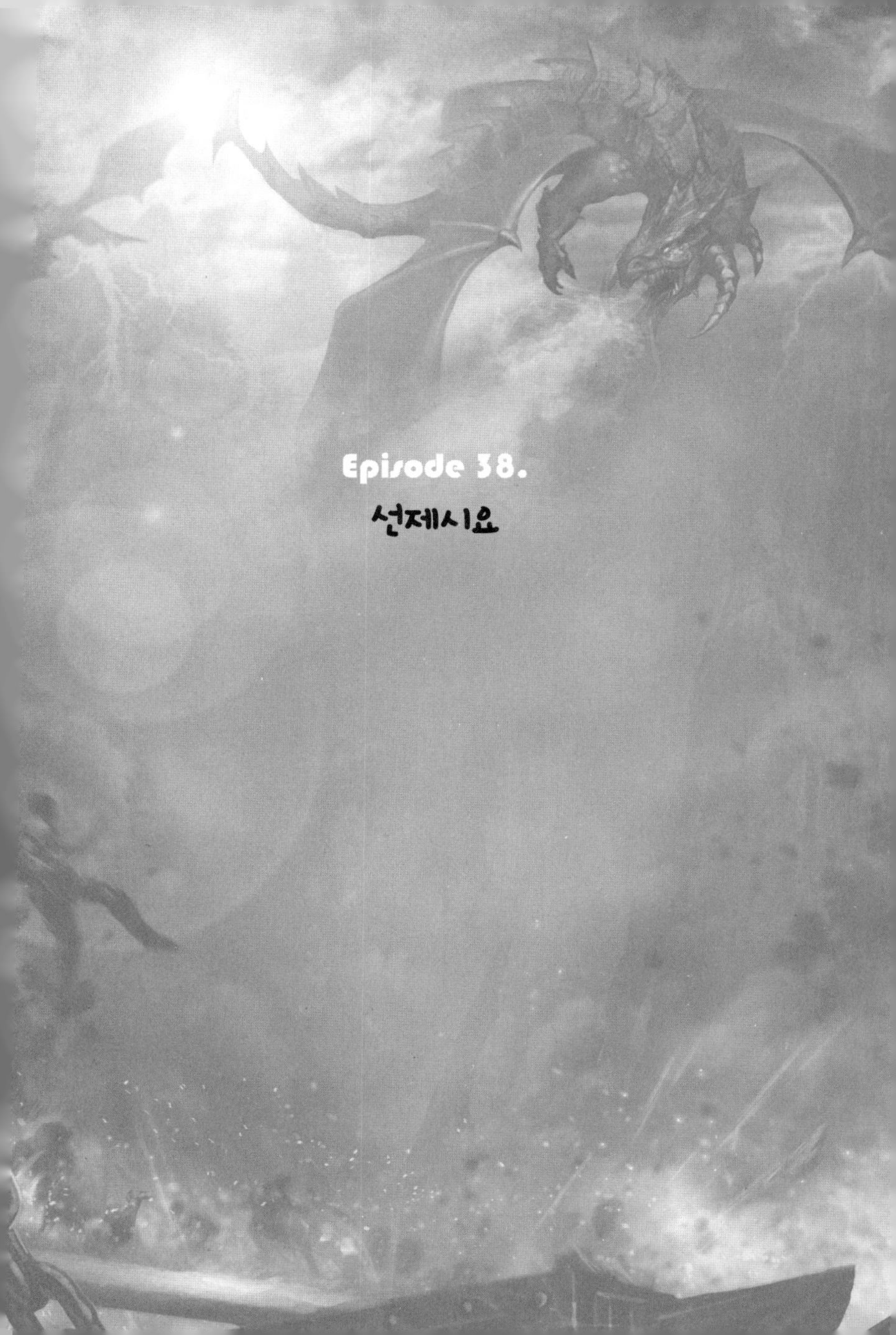

Episode 38.

선제시요

1

수많은 쪽지가 왔다. 커뮤니티를 통해, 판타스틱 월드 개인 우편함을 통해.

대부분은 피의 원한을 구입하고 싶다는 의사 전달, 그리고 상자 강화와 장비 강화 문의.

그중 한시민이 제대로 읽고 답장한 쪽지의 개수는 손가락에 꼽을 수 있었다.

"예전부터 느끼지만 참 양심 없는 것들이 많다."

쪽지를 읽는 데만 반나절 이상이 걸렸다. 그냥 제목부터 거르는 게 대다수였음에도.

판타스틱 월드의 인기를 새삼 느낄 수 있는 상황.

그 결과 한시민은 자아 성찰의 시간을 가질 수 있었다.

"양심이 있다면 사람을 이렇게 등쳐 먹을 생각은 하지 못할 텐데."

남이 하면 불륜!

본인이 등쳐 먹은 것은 까맣게 잊은 채 욕하기 바쁘다.

"역시 가상현실 게임으로 넘어와도 플레이하는 유저들은 기존 PC 게임 유저들이라 그런가."

물론 욕하는 게 전혀 이상한 상황은 아니다. 언제나 그렇듯 좋은 물건엔 날파리들이 꼬이게 마련이니까.

말도 안 되는 가격으로 후려치려는 쪽지부터 딱 봐도 낚시 같은 내용들까지. 노련한 장사꾼들은 이런 쪽지들에 일일이 신경 쓰지 않는다. 한시민도 마찬가지. 그저 한번 혀를 차주며 진정성이 느껴지는 쪽지들만 따로 갈무리했다.

"생각 좀 해보고 연락 줘야지."

팔 생각은 없다. 파는 게 바보 같은 짓이다.

벼는 익을수록 고개를 숙이고 쌀은 뜸을 들일수록 맛있다.

마찬가지로 아이템도 묵혀야 제맛!

진정 장사를 할 줄 아는 이라면 대륙에 단 하나뿐인 아이템에 옵션마저 누구나 탐을 낼 만한 물건을 쉽게 내보이지 않는다.

단 한 번.

모습만 보여주고 애를 닳게 한다. 갑은 절대 수십억씩 지불할 의향이 있는 구매자가 아니다.

한시민!

바로, 목걸이를 갖고 있는 주인!

"후후. 애가 닳겠지."

닳을 뿐이랴. 자려고 눈을 감으면 생각나고 자면서도 꿈에 나올 것이고 밥 먹을 때도 떠오르고 똥 쌀 때도 아른거릴 것이다.

매일 방송을 다시 보며 옵션을 확인하고 이걸 내가 꼈을 때 어떤 변화가 일어날지에 대해 상상하고 또 생각할 것이다.

좀 더 효율적인 사냥을 할 수 있겠구나. 빠르게 레벨 업을 할 수 있지 않을까. PK에도 적극적으로 나설 수 있을 텐데.

그리고 장신구라는 가치.

굳이 장신구의 효용을 방어구와 비교해 묻는 사람은 없다. 적어도 판타스틱 월드를 1개월 이상 플레이한 유저 중엔.

평생 아이템. 중첩으로 많이 장착하기 힘든 펜던트라는 아쉬움 따위 옵션이 날려 버린다.

그러곤 생각하겠지. 그와 같은 생각을 하고 있는 수많은 경쟁자를.

동시에 계산할 것이다. 난 이걸 사는 데 얼마의 가치까지 지불할 의향이 있는가. 또 다른 경쟁자들은 얼마나 생각할까.

그렇게 가격은 올라가는 것이다. 쉐도우 복싱을 통해.

물론 그들은 가장 근본적인 가능성을 배제한다. 한시민이 펜던트를 팔 생각이 없다는 가정을.

“적당히 가격 좀 높이고 강화해서 팔아야겠다.”

아니, 강화되지 않은 펜던트를 팔 생각이 없다는 것을.

방송이 끝나자마자 소문은 이미 2천만 유저는 물론 판타스틱 월드를 현실에서 지켜만 보는 수많은 팬에게까지 알려졌다.

그만큼 스페셜 아이템은 보기 힘들다. 유니크 아이템만 떠도 커뮤니티 메인에 올라갈 정도니 두말할 필요가 없다.

오죽하면 레전더리 아이템 뽑기 영상은 아직도 1위를 차지하고 있겠는가.

압도적인 조회수로.

당연히 스페셜리스트에게도 그 소식이 들어갔다. 돈이라면 남들에게 절대 뒤지지 않는 이들이 그냥 부러워만 할 리가 없다.

“삽니다.”

“사요.”

“산다.”

"……."

"오라버니, 제게 팔아주신다면 평생 은혜를 잊지 않고 성심성의껏 하녀로서 주인님을 모시듯 시키는 대로 다 하며 살겠습니다. 교복, 메이드, 간호사, 제복 모두 취향대로 가능합니다."

"20억 줄게. 팔아라."

"원하는 게 있으면 뭐든 들어드릴게요."

친분은 이러려고 만들어 두었다는 듯 거침없이 흥정한다. 하지만 한시민은 단호하게 거절했다.

"아직 팔 생각이 없습니다."

정설아의 마지막 말엔 조금 흔들렸지만 그는 공과 사를 구분할 줄 아는 돈의 사나이!

돈을 위해서라면 흔들리는 마음 따위는 다잡을 수 있다.

그러곤 빼액이의 등에 올라탔다. 그에겐 뜸을 들이다 못해 밥에 금가루를 뿌릴 기술까지 가지고 있다.

굳이 뜸만 들여 팔 이유는 없지.

"내가 딱히 쓸 일은 없어 보이는데 가져다가 잘 팔아봐야지."

15강 해서 말이야.

강화를 위해 움직이며 커뮤니티의 글들을 읽으며 즐겼다. 과연 피의 원한의 가치는 얼마인가에 대한 토론이 이어지는 글들.

자기 맘대로 가치를 정하는 사람들을 보며 기분이 나쁠 법도 하건만 한시민은 전혀 그런 표정이 아니었다.

이미 많이 겪어봤기에 나오는 연륜!

그는 안다. 그래 봤자 저들은 살 돈도 없어 어떻게든 가치를 깎아보겠다고 발악하는 것이며, 정말 살 사람들은 저런 글들을 근거로 흥정을 시도해 보지만 결국 제값을 치르고 사갈 수밖에 없다는 걸.

이런 아이템의 판매는 결국 누가 더 안달 나느냐의 싸움이다.

아마 예전이었으면 버티지 못하고 제값 혹은 더 싼 가격에 팔았겠지.

하나 지금은 아니다. 그토록 고대하던 건물주가 되어 매달 임대료가 땅에 돈을 뿌리고 다녀도 놀고먹을 수 있을 정도로 들어오고 통장에도 건물 하나 더 살 정도의 현금이 준비되어 있다.

그런 상황에서 굳이 돈을 더 벌겠다고 급하게 마음먹을 필요가 있을 리가. 당장 판타스틱 월드가 망할 것도 아니고.

느긋하다 못해 여유가 넘쳤다.

"룰루."

흥이 절로 난다. 누가 뭐래도 역시 판타스틱 월드의 제맛은 강화와 그를 이용해 돈을 버는 재미다.

하나에 15만 원이 되어 버린 강화석에 대한 아쉬움?

그런 것쯤은 이제 신경도 쓰지 않을 만큼 돈에 대한 내성도 생겼다.

"강화석도 떨어져 가는데 황궁 좀 들려야겠다."

10만 원이나 15만 원이나!

어차피 공짜로 가져다 쓰는 건 매한가지니까.

"폐하, 부마께서 강화석을 요청하시어 내드렸습니다."

"알았다."

서류들에 파묻혀 있던 황제가 대충 고개를 끄덕였다. 한시민의 이야기만 나오면 절로 머리가 아파오는 틱이 생길 지경이기에 순간 멈칫했지만 이미 이야기가 끝난 문제에 관한 것.

"강화석 몇 개로 제국의 상징을 강화할 수 있다면 괜찮은 거래지."

오랜만에 한시민이 예뻐 보일 정도다.

그래, 제아무리 날뛰는 모험가라 할지언정 황제 자신이 믿고 공주를 내줄 정도의 실력이 있고 선은 지키는 놈이었지.

얄밉긴 하지만 가끔 이렇게 원하는 걸 말도 안 했는데 해주는 걸 보면 가끔은 뿌듯하다.

살짝 호감을 더하자 관심이 생겼다.

"그래, 몇 개나 가져갔나."

강화에 소질이 있다는 건 이미 알고 있던바, 터지지 않을까 하는 마음은 마음속 깊숙이 넣어둔 채 물었다.

과연 한시민은 몇 개로 잡고 있을까. 제국의 상징도 그의 아이템들처럼 15강 할 수 있을까.

그렇게만 된다면, 제국의 상징이 신화급 아이템이 되는 영광만 누릴 수 있다면 그 어느 때보다 제국의 위세는 굳건해지고 단단해질 텐데.

기대하는 황제에게 신하가 고개를 숙였다.

"2만 개입니다, 폐하."

"……."

"100개만 두고 모두 가져갔사옵니다."

대답과 함께 기대가 언제 그랬냐는 듯 말끔히 사라졌다.

그럼 그렇지. 직접 개수를 말하지 않고 허락만 받아간 이유가 있었구나.

한숨이 절로 나왔다. 2만 개가 아깝진 않다. 2만 개로 제국의 상징을 15강 해온다면 그보다 더한 보상을 내릴 의향도 있다. 기껏해야 2만 개는 2만 골드니까.

많은 돈이지만 황제에겐 많지 않다. 다만 황제는 한시민에 대해 너무 많은 걸 파악해 버렸다.

"빌어먹을 놈."

일단은 참기로 했다.

2

한시민이 사악하긴 하지만 팔 생각도 없는 아이템으로 사람들 간이나 볼 만큼 더럽진 않다. 그만한 시간을 내다 버릴 만큼 여유롭지도 않고.

팔 생각이 없었으면 애초에 팔지 않겠다고 아이템을 공개한 뒤 못을 박았겠지.

분명 좋은 옵션이고 껴도 상관은 없지만 파는 것 이상의 효율을 내기는 어려운 아이템이다. 특히 테이머로서 전투 패턴이 극명하게 변하고 있는 시점에선 더더욱.

죽으면 죽었지 이런 아이템을 15강 해서 몸에 두르고 다니기엔 아까웠다.

"더 좋은 게 나오는 날이 있겠지."

무엇보다 한시민은 죽음에 대한 페널티가 남들보다 적은 편이다. 애당초 잘 죽지도 않을뿐더러 부활의 목걸이가 있기에.

돈 역시 충분할 정도로 넘치지만 팔기로 했다. 해서 영상을 하나 찍었다. 토끼들과 그 외 모든 펫을 물린 상태에서.

그저 사람들의 시선을 모으기 위한 카르디안과 함께 사냥하는 영상. 그 영상에서 한시민은 피의 원한을 목에 걸고 있었다.

음침한 마기를 흘리는 붉은색 루비. 한시민조차도 홀로 상대하기 버거운 몬스터와의 전투.

망치가 휘둘러지고 팽팽한 대치 속 결국 몬스터의 몸에서 피가 흐른다. 그와 함께 기다렸다는 듯 피를 빨아들이는 루비.

동시에 변화가 시작됐다. 거창한 변화는 아니다. 변화가 일어났다는 것조차 알아채지 못할 만큼 자연스럽고 조용했다.

하나 그 끝엔 은은한 붉은빛의 보호막이 있었다.

한시민을 둘러싼 보호막. 날아오는 몬스터의 공격이 한시민의 몸을 타격하기 전에 보호막을 먼저 타격한다.

많은 피를 흡수한 보호막이 아니기에 쉽게 깨져 버렸지만 시청자들에게 신선한 충격을 주기엔 충분했다.

싸울 때 자동으로 생성되는 보호막!

이 얼마나 편리한 기능이란 말인가.

마력도 필요 없다. 시동어도 필요 없다.

쿨타임? 기다릴 필요조차 없다.

없는 게 넘쳐 나는 보호막은 판타스틱 월드를 플레이하는 유저들에게 두 손 들고 환영할 만한 패시브!

그뿐이랴. 공격력도 강해졌다. 조금이지만 팽팽한 격차를 깨기엔 충분했다.

그 무서움은 거기서부터 발휘됐다. 격차가 기운 순간부터 몬스터의 몸엔 더한 상처들이 늘어날 수밖에 없었고 피는 계속해서 흡수되었다.

보호막은 진해졌고 공격력은 강해졌다. 그리고 빨라졌다.

싸움이 길어지는데 오히려 쌩쌩해졌다.

체력 회복!

정신적인 피로도만 잘 관리하면 무한히 싸움을 이어갈 수 있다.

영상은 커뮤니티를 비롯해 전 세계로 빠르게 퍼져 나갔다.

오랜만에, 아니, 거의 처음으로 무료 배포한 영상이기에 모두가 보는 데 어려움은 없었다.

수많은 논쟁이 오갔다. 물론 영상이고 가장 잘 나온 연출일 것이라는 의견은 부정할 수 없었다.

실제 싸움에선 저렇게 되지 않을 확률도 있다는 사실 역시 다들 알고 있었다.

하지만 마찬가지로 다들 인정할 수밖에 없었다. 피의 원한의 옵션의 원리와 효용을 연출한 일대일 전투 이후의 보너스 영상을.

23분짜리 풀 영상.

대규모 몬스터들 사이로 홀로 뛰어들어 결국 피칠갑을 한 채 홀로 걸어 나오는 한시민.

그의 몸에 짙게 둘러싸인 피의 보호막.

—저건 사야 한다.

—PK 최고의 템이다.

이펙트를 모두 끈 한시민의 아이템 세팅은 초라해 보인다. 그 사이에서 빛나는 루비만 보일 수밖에.

하루 사이에 쪽지 양이 세 배 이상 증가했다. 그리고 피의 원한의 강화 차수 역시 하루가 다르게 올라갔다.

3

전문 편집자에 의해 깔끔하게 편집된 영상. 그리고 뜨거운 반응의 커뮤니티를 보며 만족했다.

영상이 있고 없고의 차이는 물건의 가치를 결정하는 데 엄청난 차이를 준다.

이런 아이템은 보통 기능으로써의 효능도 뛰어나지만 그 외의 부가적인 가치까지 싸잡아 평가받기 때문.

—이거 사는 사람은 유명인 되겠네.

—저런 거 끼고 ㄹㅇ 전쟁 같은 거 영상 찍으면 대박이겠다.

–영화보다 더 영화 같겠는데?

실제로 쪽지 중엔 사실 여부를 확인할 수 있는 증거까지 첨부해 영화 촬영을 위해 잠시 대여가 가능한지까지 물어보는 것도 있었다.

바야흐로 판타스틱 월드의 세상이 열렸다는 확실한 증거.

당연히 거절했지만 이 정도의 인지도면 확실히 가치는 상승했을 것이다.

끼고만 다녀도 사람들이 알아본다. 전쟁터에서 만나면 우선 위축될 것이다. 저자는 싸우면 싸울수록 강해진다. 지치지도 않는다. 이것이 피아에게 미치는 영향은 상상 이상일 테니. 무엇보다 부수적인 수입까지 챙길 수 있게 되지 않았는가.

물론 이렇게 훈훈한 댓글들만 있는 건 아니었다. 오히려 시샘의 댓글이 더 많았다.

–사기 아님?

–딱 봐도 주작 같은데.

–저게 가능한가?

–연출이잖아.

자신들은 닿지 못하는 세상의 이야기를 곧이곧대로 받아들일 마음이 없는 유저들.

가능만 하다면 게임사에 항의하거나 베타고에게 직접 1인 시위라도 할 기세!

씨알도 먹히지 않음은 게임 초기부터 증명되었기에 그런 사태까지 이어지지는 않았지만 베스트 댓글들은 대부분 부정적인 내용으로 가득했다.

다행히 원색적인 비난을 올릴 정도로 유저들의 수준이 낮진 않았다는 점이 위안이랄까?

순수하게 감탄하고 존경하는 유저의 수도 만만치 않았고.

–디안교에서 나왔습니다. 댓글 청소 시작합니다.

–오물들은 비공부터 답시다.

어쨌든 그렇게 시간이 흐르며 정화가 이루어졌고 남은 건 합리적인 의심과 비판뿐이었다.

–그런데 조금 이상한데요? 저번 영상에서 아이템 봤을 때 착용레벨 70이라고 본 거 같은데.

살아남은 몇 안 되는 비판의 댓글들 중 가장 추천을 많이 받은 댓글!

이와 함께 의심의 불꽃들이 하나둘 살아나기 시작했다.
그리고 온갖 소설이 출판되었다.

–옆에 그 여자, 마법사라던데 그 여자가 한 거 아님?

–ㄹㅇ. 낀 척만 하고 쉴드랑 버프 써준 거 같은데?

–그럴듯하네. 진심 소름.

–낚일 뻔했네.

소설은 있을 법한 일을 그럴듯하게 써놓은 허구다. 믿고 싶은 사람들은 얼씨구나 물었다. 제법 신빙성도 있다.
하나 아쉽게도 한시민은 떳떳했다.

–영상은 깔끔하게 촬영되었습니다. 어떠한 눈속임도 없고 디안이가 영상에 나온 이유는 조회수 올리기용입니다. 제 말을 믿지 못하는 분들을 위해 증거를 첨부합니다. 아직 작업이 완료되지 않은 미제품이라 부끄럽지만 오해가 풀렸으면 좋겠습니다.

당당한 댓글과 첨부되는 스크린샷!

[+12 피의 원한]

* 등급: Special

* 착용 레벨: 70
* 방어력: 100(+200)
* 특수 옵션 1: 흡수하는 피의 일부를 시전자의 보호막으로 전환
* 특수 옵션 2: 흡수하는 피의 일부를 시전자의 공격력으로 전환
* 특수 옵션 3: 흡수하는 피의 일부로 시전자의 체력 회복
* 마계의 피일 경우 효과 30%(+6%) 증가
* 옵션 1: '짙은 푸른 오라' 효과 적용

–착용 레벨 15 감소

논란은 종식되었다.

그리고 언제나 그렇듯 노이즈 마케팅엔 이익이 따르는 법. 피의 원한의 가치는 한층 더 뛰었다.

논란의 중심에 선 자는 언제나 피곤하다.

"아, 먹고살기 힘들다."

그리고 언제나 그 중심에 섰을 땐 꼭 엄청난 이익을 챙기던 한시민의 입가엔 피곤과 함께 미소가 끊이지 않았다.

어차피 힘들고 피곤한 것이야 게임을 시작하고부터 지금까지 단 한 번도 피해갈 수 없었던 친구 같은 것!

하루 4시간 이상 수면하지 않는데 어찌 피로가 떠나겠는가. 아마 캡슐의 가수면 상태가 아니었다면 이미 뉴스에 났을지도 모른다.

해서 기뻤다.

고생하는 만큼 돈이 들어오는 보람이란.

아직 팔리진 않았지만 주식을 하는 기분이랄까.

나날이 주가가 오른다. 팔 날만 정하면 된다. 하늘을 찍고 하한가를 달릴 걱정도 없다. 멀쩡하던 펜던트에 갑자기 중국산 부품이 섞여 들어가 불량이 될 일은 없으니까.

단 하나.

"귀속만 안 되면 되지."

가장 큰 걱정거리다. 이미 큰 전례를 남긴 적이 있어 더더욱 불안하다. 특히 이런 중요한 아이템에선 확률 조작이라도 한 듯 빵빵 터진다.

귀속 옵션이 붙을 확률. 기껏해야 얼마나 되겠는가.

"제발."

사실 귀속될 경우 끼면 그만이긴 하다. 처음 레벨 제한을 본 순간 팔아버리겠다는 확신은 착용 레벨 감소와 함께 사라지긴 했지만 그런데도 굳이 껴야겠단 생각은 들지 않았다.

옵션이 분명 좋긴 하다. 테이머긴 해도 본인이 직접 싸울 때도 많으니 도움은 될 것이다.

하나 거기까지다.

'디안이 있고 수달이 있는데 굳이 수십억짜리를 목에 두를 필요는 없지.'

부자가 됐지만 만족하는 부자가 아니다.

다른 사람이 보기엔 아니지만 한시민 본인은 자신이 벼락 부자라 착각한다.

언제 이 행복이 꺼질지 모른다.

머릿속엔 언제나 가난했던 시절이 박혀 있다. 스무 살 때부터 고생했던 기억은 쉽게 지워지지 않는다. 한겨울에 상하차 하던 기억, 새벽에 편의점 알바 하다 강도를 만난 기억. 그런 것에 두려워하며 돈을 아끼진 않더라도 만족의 기준이 한없이 올라간다.

벌 수 있을 때 벌자! 필요한 건 아낌없이 쓰더라도 필요 없는데 낭비하진 말자.

그래서일 것이다. 기도하는 이유가.

'제발 진화하지 마라. 특수 옵션 추가되지 마라.'

그답지 않은 기도가 매일 매시간 하늘에 닿았다.

4

판타스틱 월드의 아이템 가치는 날이 갈수록 상승하고 있다. 평균 레벨이 오르며 공급이 많아지고 있지만 2천만을 돌파하고 한계가 어디냐는 듯 늘어나는 유저에 맞춘 수요가 압도적으로 짓누르기 때문. 아이템의 가격은 높아질 수밖에 없다.

보통의 게임이라면 그럴 때 골드의 가치가 낮아진다. 하나 판타스틱 월드는 그딴 게 뭐냐고 물으며 15만 원 선을 돌파한 지 오래다.

골드도 오르고 아이템도 오르니 구매자가 느끼는 부담은 4배.

그런데도 골드 거래와 아이템 거래는 정체 구간 따위 없이 활발하게 일어났다. 오히려 더 가속화된 느낌이 없잖아 있을 정도다.

구매자에게 더 안정감을 준달까. 비싸게 구매해도 떨어질 길이 보이지 않으니 안심하는 것이다.

적어도 손해는 보지 않고 되팔 수 있겠구나.

그러면 마음 놓고 얼마든 현질 할 수 있다.

만약 내가 그럴 일은 없겠지만 마음이 변하거나 집안에 무슨 일이 생겨 급전이 필요해도 제값을 팔고 깔끔하게 털어낼 수 있기에.

그 결과는 또다시 시세의 상승이다. 필요해서 사는 사람뿐 아니라 재테크를 위해 투자하는 사람들까지 몰린다.

그렇게 오르고 또 올라도 떨어질 생각을 안 한다.

이유는 하나다.

—진짜 또 하나의 세상.

—내가 보기엔 유저들이 NPC들이랑 동등한 위치에 서거나 그 이상 대륙에 영향력을 미칠 때까지 시세 안 떨어질 듯.

NPC들, 아니, 대륙인들. 대륙을 구성하는 절대적인 비율의 이들이 유지하는 세상이기 때문.

그들은 이제 막 대륙에 찾아온 미개한 모험가들이 자기들끼리 골드를 얼마에 교환하든 물건을 얼마에 팔든 신경 쓰지 않는다. 유저들 간 오가는 거래와 골드의 양은 대륙 전체로 보면 장난 수준.

시세가 오르고 내리고는 대륙에 전혀 영향을 미치지 못한다. 1골드에 15만 원이 되든 20만 원이 되든 여전히 대륙의 사람들에게 싸구려 철검은 15실버고 철이 부족한 시기가 오면 25실버가 된다.

하나 그런 대륙인들에게도 영향을 미치는 모험가가 몇 명 있다. 수천만 중 눈에 띄게 돈을 풀어 어느 한 지역의 시세를 조작하는 상인이라든가, 혹은 대륙인들 중 최상위층에 있는 귀족들, 기사들의 눈을 휘둥그레지게 만들 만한 아이템들 획득하는 모험가라든가.

한시민이 그런 사람이었다. 아니, 그런 사람이 되었다.

예전 축복의 반지를 얻었을 때야 별로 유명하지도 않았고,

모험가의 인식이 바닥에 굴러다니던 개똥보다도 못하던 시기였지만 지금은 아니다.

황제의 사위, 영지를 가진 자작, 그리고 신화급 아이템을 두른 전사.

그런 자가 이번엔 대륙에 길이 남을 장신구를 획득했다.

어느 정도 NPC들과 연관을 맺기 시작한 유저들을 통해 소문은 NPC들에게까지 전해졌다. 정확한 옵션까지 전달되자 눈에 불을 켠 귀족이 한둘이 아니었다.

무엇보다 전쟁에 특화된 아이템이다. 틈만 나면 영지전을 통해 자신의 땅을 늘리려는 영주들에겐 그야말로 악마의 속삭임.

자연스럽게 시선이 리치 영지로 향했다. 영지를 빼앗으면 영주의 모든 것은 승자에게 귀속된다.

절대적 불변의 법칙.

황제의 사위고 뭐고 지면 끝이다. 황제의 할애비가 와도 막아줄 수 없다.

그만큼 영지전은 숭고하다. 그렇기에 다들 각을 보기 시작했다. 정찰병이 하나둘 은근슬쩍 리치 영지에 잠입했다.

잠입은 어렵지 않았다. 애초에 리치 영지는 피아를 구분하지 않고 돈이 된다면 손님이라는 마음가짐으로 성문을 활짝 열고 있었으니까.

정찰병들이 정찰 비용으로 정찰을 핑계로 리치 영지에 있는 이색 럭셔리 관광 코스를 즐겼다. 그 수가 얼마나 많은지 껑충 뛰고 있는 매출이 펄쩍 뛰었다. 그리고 돈이 다 떨어질 때쯤 정찰병들이 돌아갔다. 그들의 보고는 일관됐다.

−병사의 수는 얼마 없음. 성벽은 높고 마법진이 한두 개 있을 것이라 추정. 군사적인 요충지이나 관광지로써의 개발이 90% 이상이라 성문만 열고 들어간다면 정복은 어렵지 않을 것이라 봄.

보이는 그대로 보고했다.

호시탐탐 리치 영지보다는 누가 먼저 쳐서 먹느냐에 눈치 싸움을 하던 영주들에겐 혹할 만한 보고 내용.

"영지전을 준비하라!"

여기저기에서 영지군을 모았다. 유저들도 섞여 있었다.

대륙 전역에서 마기가 깃든 게이트를 파괴하느라 바쁜 와중에 군사를 모으는 건 그리 이상한 그림은 아니었다.

그리고 가장 먼저 준비를 마친 영주 하나가 야심 차게 영지전을 신청했다.

신청과 동시에 진격했다.

한시민이 영지에 없다는 정보는 이미 입수한 상태!

다만 홀로그램은 한시민에게 전달되었다. 그리고 리치 영지에도 소식이 알려졌다.

13강의 길목.

한시민이 두 눈을 감았다.

제발, 귀속되지 마라.

진화의 길은 15강까지 언제든 열려 있다. 진화가 되면 몇 가지 옵션이 더 붙고 효과도 좋아지겠지만 귀속 옵션이 붙을 가능성도 생긴다. 그럴 바에야 차라리 진화되지 않는 게 편하다.

어차피 여기서 몇 가지 옵션이 추가된다고 가격이 수백억씩 뛰진 않는다.

그런 상황에서 홀로그램이 떴다.

[영지전이 시작됩니다.]

미간이 절로 찌푸려진다.

잠시 노려보다 이내 홀로그램을 치웠다. 순간 머릿속에 높디높은 성벽과 그 안에 지어진 수많은 테마 호텔이 불타오르는 그림이 그려졌지만 이내 불들은 진화되었다.

'알아서 잘하겠지.'

애초에 그런 테마파크를 지으며 가장 염두에 두었던 게 날로 처먹으려는 돼지 같은 놈들이다. 수많은 군대를 이끌고 다 지어진 밥상을 날름 빼앗아 먹는 거지들.

그를 위해 보좌관에게 얼마가 들든 신경 쓰지 말고 투자하라 하지 않았던가.

마음속에서 지웠음에도 걱정되지 않는 건 아니었다. 하지만 믿기로 했다.

어차피 그가 간다고 달라지는 건 없다. 도움이 되기야 하겠지만 영지전이 벌어질 때마다 가고 싶은 마음은 없다. 알아서 이기길 바랐다.

'왔다 갔다 하는 거 귀찮기도 하고.'

무엇보다 명당의 위치가 너무 멀었다. 그래도 혹시 모르는 마음에 길드 대화를 열었다.

"저 영지전 걸렸는데 보좌관한테 좀 전해주세요. 영지 빼앗기면 그냥 다 태워 버릴 거라고."

마지막 마음속 불안을 속 시원히 털어버린 한시민이 망치를 내려쳤다.

5

얼떨결에 한시민에게 협박 아닌 협박을 듣긴 했지만 보좌관은 자신 있었다.

"영지전을 준비한다!"

그는 초심을 잃지 않는 훌륭한 보좌관이다. 영지가 이토록 번창했지만 아직 몬스터들의 침공에도 벌벌 떨며 집을 버리고 도망쳐야 했던 과거가 생생하다.

제주도 이웃 간의 정도 아니고 최소한의 돌담만 치고 생활해야 했던 그 시절. 어디 갈 곳도 없어 차라리 몬스터들과 이웃이 되기를 선택해야 했던 그때.

눈을 뜨니 옆에 몬스터가 함께 자고 있던 게 아직도 꿈에 가끔 나오는데 어찌 잊겠는가!

해서 보좌관은 무엇보다 성벽 쪽의 방비에 가장 많은 돈을 투자했다.

넓은 땅을 지킬 든든한 성벽까지 영주가 지어주고 갔는데 그 이후를 완성하지 못한다면 보좌관으로서의 자격은 없는 것이나 마찬가지.

"영지가 불타 사라질지도 모른다! 목숨을 걸어라!"

"예!"

무엇보다 영주는 정말 자신이 내뱉은 말은 지킬 사람이다.

기껏 맡겨놓고 믿었는데 돌아왔더니 영지가 다른 놈의 손에 홀랑 넘어가 있다?

누구라도 차라리 영지를 태워 버리고 싶은 마음이 생길 것이다.

보좌관은 그 마음을 배신하고 싶지 않았다.

승리하리라.

결연한 다짐과 함께 열심히 훈련한 병사들이 성벽 위에 배치되었다.

그 수는 그리 많지 않았다. 성벽 전체를 포괄할 만큼의 숫자는 되었지만 다른 영지에서 일반적으로 육성하는 병사들의 수에 비하면 적은 감이 없잖아 있는 양.

거기에 병사들의 무장 상태도 이상했다. 갑옷은 입고 있지만 일반적인 디자인이 아니다.

방어를 위한 최소한의 무게. 거기에 무기 또한 검이나 창을 들고 있는 이가 드물다.

특이한 광경.

하나 보좌관은 웃었다. 든든했다.

적어도 이 성벽 위에선 이 정도의 무장을 갖춘 병사들을 뛰어넘지 못하리라.

그렇게 준비를 마치자 사방에서 함성이 들려왔다.

이번 리치 영지에 영지전을 신청한 귀족은 지난번 영지전을 신청했던 귀족과는 차원이 다른 규모의 영지를 보유하고 있다.

그냥 어중이떠중이 교육이나 시키려고 산책 나오듯 나온 것도 아니고 수많은 경쟁자가 눈치를 보는 가운데 당당하게 영지전을 신청할 배짱과 힘이 있는 그런 귀족!

무려 서쪽에서부터 한참을 달려올 만큼 멀리 있지만 그만큼 리치 영지가 갖고 있는 가치와 성장력에 대해 긍정적인 가치를 내릴 정도로 안목이 있고 또 영주의 아이템을 눈여겨보고 있다는 뜻.

당연히 군사의 수가 이전과는 비교조차 할 수 없을 정도로 많았다.

영지군에, 용병에, 유저들까지.

참여만 해도 돈을 주는 이벤트를 반기지 않는 유저는 드물다.

그렇게 불어난 숫자는 정말 그 넓은 리치 영지 성벽을 전부 둘러쌀 정도!

동서남북 네 방향으로 나뉘었음에도 까마득한 숫자는 적에게는 두려움을 아군에게는 자신감을 불어넣어 준다.

"마법진을 먼저 해체한다!"

게다가 이번엔 영리한 조언을 해주는 군사까지 있다.

지난번 패배했던 영지전의 정보를 모아 대략적인 공략 방식까지 짜온 것!

"와아아!"

쳐들어온 영주는 망설이지 않았다. 후작의 자리에 오르기까지 수많은 영지전을 겪어왔고 또 수많은 영지를 확보한 그에게 있어 가장 중요한 것은 철저한 정보와 자신감이라는 걸 누구보다 잘 알기에.

그가 남긴 유명한 어록도 있다.

—영지전은 이미 시작하기 전에 결과가 나와 있다.

적을 알고 나를 알면 열세 번 싸워도 이길 수 있다!

그런 그가 확신을 갖고 여기까지 당도했다. 망설일 이유가 없지 않은가.

사방에서 유저들이 튀어나온다. 그 수만 수백! 단순히 마법진을 해체하기 위한 인원.

성벽 위에서 화살들이 날아오고 수십이 죽어 나갔지만 결국 성벽에 도달했다.

그거면 됐다. 이제 유저들이 밟은 마법진이 발동되기만 하면…….

"……?"

"으악!"

"난 먼저 간다!"

하면 되는데 하질 않는다.

마법진은 묵묵부답이었다. 성벽에 도달하고 죽기를 기다리던 유저들이 전부 쓰러질 때까지도.

후작이 미간을 찌푸렸다. 처음으로 변수가 생겼다. 물론 이미 계산에 두었던 변수이긴 하다.

"고급 마법진을 썼나 보군."

마법진엔 전시에 밟기만 해도 터지는 일반적인 마법진과 마법사가 마력을 주입해 원하는 시기에 발동시킬 수 있는 좀 더 고급스러운 마법진이 있다.

당연히 후자의 경우가 돈이 더 많이 들기에 보통 영지에선 잘 사용하지 않는다. 아니, 전자의 경우도 쉽게 사용하기 힘들다. 대부분 일회용이니까.

약탈하는 것도 아니고 방어를 위해 일회용에 그런 골드를 지출할 영지가 과연 몇이나 될까.

있다 한들 영지전을 할 때마다 영지민들의 세금이 보험료 뛰듯 널뛰기해 오래가지 못하리라.

그럼에도 리치 영지엔 마법진들이 설치되어 있었다. 그것도 무려 고급 마법진이.

후작이 재빨리 작전을 변경했다. 마법진이 있다는 사실은 지난번 리치 영지를 공격하고 쫄딱 망한 영지의 병사들에게 들은 사실이다.

당연히 깔끔하게 입구 컷 당했기에 성 내부의 상황에 대해선 알 수가 없다.

빠르게 마법진을 뚫고 들어가 변수에 대비해야 한다는 것인데 벌써부터 막히다니.

고민 끝에 후작이 외쳤다.

"투석기를 가져와라!"

마법진을 발동시킬 만큼의 병력을 투자하는 건 아깝다.

죽어도 상관없는 유저들을 내보내면 되지만 막상 이렇게 보는 성벽은 괜히 병력을 낭비하면 안 될 것처럼 웅장하고 거창하다.

우선 저 건방진 성벽부터 어떻게 좀 하고 보자. 성벽 위에서 내려다보고 있는 병사들에게 공포를 선사해 줘야지.

잠시 혼란스러웠던 후작의 얼굴에 미소가 띠어졌다.

투석기까진 생각하지 못했겠지.

그럴 것이다. 쉽게 구할 수도 없는 물건일뿐더러 영지전에 가지고 다닐 만큼 가벼운 것도 아니니.

그런 걸 무려 스무 개가 넘게 들고 왔다.

"준비!"

이걸로 마법진의 변수를 파괴하리라.

그렇게 성벽을 향해 날아갈 돌이 준비되는 사이 성벽 위에서도 변화가 일었다. 너무 멀어 자세히 보이진 않지만 무언가가 추가되었다.

사람은 아니었다. 얼핏 보면 투석기 같기도 하다.

"……?"

성벽 위에서 날아오는 돌?

순간 소름이 돋았지만 다행히 그건 아니었다.

아니었다고 안심한 순간 후작은 후회했다.

퉁—

돌이 채 준비되기도 전에 성벽 쪽에서 울리는 묵직한 반동음.

한두 개가 아니다. 성벽에 올라온 수십 개의 물건에서 동시다발적으로 울려 퍼졌다.

그리고.

콰콰콰쾅!

"으아악!"

"살려줘!"

반동음과 함께 날아온 마력탄이 일제히 투석기들을 파괴했다.

"……."

자신감 넘치게 영지전을 위해 온 수만의 시선이 정체불명의 물건에 꽂혔다.

영지전에 동원된 마법사 하나가 중얼거렸다.

"마력포……."

"마력포?"

"마탑에서 이번에 새로 개발한 전쟁 무기입니다. 마력을 충전해 좌표를 입력하면 99.9%의 명중률로 사정거리 이내의 적을 향해 마력탄을 발사하는 무기인데……."

말끝이 절로 흐려진다. 그럴 수밖에 없다.

"가격이……."

무려 마탑의 무기다. 그것도 전쟁에서 유용한 신식 무기!

그런 걸 수십 대나 구해 영지에 배치한다?

어지간히 정신 나간, 아니, 돈이 썩어나는 자가 아니라면 쉽게 할 수 없는 짓이다.

"재장전 시간은?"

그럼에도 노련한 후작은 당황하지 않았다. 전력을 채 파악하지 못한 실수는 뼈저리지만 그렇다고 여전한 수적 우위가 사라지는 건 아니다.

"대략 30분 정도라 들었습니다. 거기다 마력은 마법사들이 충전하는 것이라 충분한 숫자가 보유되어 있지 않다면 그 시간은 더 오래 걸릴 수 있습니다."

"진격 준비!"

고급 장비가 많이 배치되어 있는 곳일수록 기초가 부실할 가능성이 매우 크다. 결국 투자하는 금액은 한정되게 마련이니까. 병력의 수를 줄이고 첨단 무기를 배치한 것이겠지.

마법진이 마음에 걸리긴 했지만 후작은 자신이 있었다.

“성문만 뚫는다. 그럼 이긴다.”

피해는 감수한다.

애초에 영지전이란 모든 걸 걸고 목숨을 내던지겠다는 뜻이다. 이기면 모든 걸 갖고 지면 모든 걸 잃는다.

물론 보통의 경우엔 공성을 해보고 안 될 것 같으면 후퇴해 문을 꽁꽁 잠그고 평화협정을 유도하지만 어쨌든 마음가짐만큼은 결연하다.

특히 이번에 공개된 펜던트를 다른 영주들에게 빼앗기느니 차라리 죽는 게 낫다.

피해를 감수하자! 그리고 얻은 것들로 보충하자.

진격하는 후작이 생각했다.

하나 그것은 옳지 못한 판단이었다.

언제나 중요하게 여겼던 정보!

이번엔 너무나도 부족했다. 지난번 빠저린 패배를 겪은 돼지 영주에게서 미처 얻어내지 못한 치명적인 정보.

[공격력이 감소합니다.]

[이동 속도가 감소합니다.]

리치 영지의 최종 보스는 성벽이라는 점.

다시 한번 세상에 알리듯 수만의 병사에게 자신의 존재감을 드러냈다.

리치 영지엔 많은 관광객이 있다.

현실에서는 찾아보기 힘든 성 주변의 자연 풍경과 내부에 만들어진 수많은 테마파크를 즐기기 위해 기꺼이 골드를 투자해 온 유저들과 판타스틱 대륙 어디에서도 찾아보기 힘든 현대 문물의 조화를 느끼기 위해 온 NPC들!

그들은 순수하게 감탄한다.

"아마존에서 자는 기분이야."

"이왕 온 거 나뭇잎 옷 입고 있을까, 자기야?"

"그래!"

하룻밤 숙박비가 서울 도심 한복판에 위치한 5성급 호텔 스위트룸 뺨치지만 넓기도 더 넓고 방 자체의 테마를 선택해 직접 즐길 수 있다는 것만으로도 충분히 돈을 지불할 가치가 있다 평가한다.

우거진 밀림! 위치한 작은 연못! 그곳에서 연인과 단둘이 즐기는 은밀한 데이트.

이 얼마나 낭만적인가!

남자에겐 한 달 치 월급을 다 털어도 아쉬움이 남지 않을 추억이다.

또 NPC들은 어떠한가.

"이곳이 모험가들이 사는 세상인가."

"과연 화려하기 짝이 없군."

"대단해……."

"과학이라. 마법보단 아니지만 놀랍군."

돈이 있는 귀족들은 새로운 걸 언제나 갈구한다.

그런 이들에게 현대 문물이 늘어진 테마의 방과 놀이 시설들은 그야말로 신세계!

등불이나 태우며 밤에 눈을 붙이던 이들에게 어둠을 물리칠 LED 조명과 흥이 나는 클럽 음악은 대륙을 잊고 현대의 문물에 심취하게 만들 만한 매력적인 요소다.

그런 관광객들은 쉽사리 영지를 벗어나고 싶지 않아 한다. 가라 해도 가지 않는다.

물론 리치 영지에서 손님에게 가라 하는 경우는 없지만 영지전이 벌어진 상황에서도 관광객들은 당황하지 않고 즐길 것들을 즐겼다.

"영지 밖에서 이벤트가 벌어지고 있습니다. 구경을 원하시는 고객님들께서는 30층, 40층에 마련된 전망대로 모여주시기 바랍니다."

그마저도 이벤트로 홍보했기 때문.

팝콘을 팔고 샴페인을 터뜨린다. 수만의 병력이 성 밖에 있음에도 여유가 넘친다. 영지가 망하든 말든 자신들이 죽는 건 아니기 때문!

그리고 이상하리만치 긴장감이 없는 것도 한몫했다.

"저게 새로 나온 마력포인가. 대단하군."

현실과 동떨어진 테마파크다. 전쟁이 현실감 있게 다가올 리가.

그런 사람들의 시야에 총공세를 펼치는 후작의 군대가 들어왔다.

한꺼번에 사방에서 달려드는 모습을 지켜볼 수 있는 스카이라운지!

제법 영화 같았다. 긴장도 살짝 됐다.

저 많은 인간이 성문을 뚫고 들어오면 이 유희가 깨지지는 않을까.

밖에서 보기엔 성벽부터 높고 웅장하지만 안에서 보면 성벽이 다다. 내부엔 병사도 적고 막을 만한 무장을 갖춘 이도 보이지 않는다.

하나 그것이 기우라는 걸 증명하기라도 하듯.

퍼퍼퍼퍼펑!

"우와."

폭죽이 터졌다.

축제의 서막을 알리듯.

끊임없이.

진귀한 구경을 한 사람들이 축배를 들었다.

그중 저 폭죽이 무엇을 의미하는지 아는 사람들이 유난히 더 기뻐했다.

"우리가 낸 돈들이 저기서 터지는군요. 하하! 펑펑 터집니다!"

"영주가 누군지 몰라도 정말 영지에 애착이 많은가 보네요. 아낌없이 돈을 터뜨리는군요."

리치 영지의 수익이 단 한 푼도 한시민의 지갑에 들어가지 않는 이유가 세상에 공개됐다.

6

공성을 수월하게 하려면 수성 인원보다 3배 이상이 많아야 한다는 말이 있다.

하나 그것도 나름이지 사다리조차 올리지 못할 만큼 높은 성벽에 투석기조차 파괴되고 성벽을 뚫을 게 병사들뿐인데 그

병사들마저도 성벽에 다가가면 전력이 반 이상으로 뚝 떨어지는 상황에선 통하지 않는 진리.

그뿐이랴. 온갖 지뢰가 잔뜩 깔려 있다.

차라리 적과 싸우다 죽으면 명예롭기라도 하지 길 가다가 지뢰를 밟고 죽으면 그 얼마나 쪽팔린 상황이란 말인가.

해서 후작은 병력을 뒤로 물렸다. 아예 후퇴하진 않았다. 물리고 물려 섣불리 반격당하지 않을 곳에 진지를 쳤다.

장기전을 하겠다는 의도!

괜찮은 판단이었다. 성벽이 너무 단단해 내린 결정이기도 했다.

"성벽만 열면 된다."

정말 내부엔 아무것도 없다. 그냥 밀어붙이기만 해도 머릿수로 깔아뭉갤 수 있을 만큼.

리치 영지의 병사가 정말 수백뿐일 리는 없지만 그만큼 후작이 몰고 온 병사의 수는 많았다.

문제는 그것이다.

성문을 어떻게 여느냐.

가장 큰 문제지만 후작은 걱정하지 않았다.

"장기전으로 가면 유리하다."

결국 안과 밖이다.

리치 영지에서 품고 있는 관광객의 수는 상상 이상이고 시간이 흐르면 흐를수록 내부에 비축해 둔 식량이 떨어질 수밖에 없다.

특히 귀족이 많은 특성상 그들은 어떻게든 나가려고 할 것이고 그러다 보면 구멍이 생길 테다.

그걸 노린다. 영지의 사활을 걸고 벌인 전쟁에서 장기전으로 이끌며 소모될 식량 정도에 부담을 느낄 순 없으니까.

어떻게든 구할 수 있다는 게 중요하다. 후작은 그런 자신감으로 진을 쳤다.

"어차피 저들은 못 나와."

마력포고 뭐고 끌고 나오는 순간 밀어붙이기로 성벽 내부까지 밀고 들어가면 그만이다.

그걸 아니 저들도 나오지 않는 것이겠지.

그렇게 판단하니 초반에 그가 당했던 수모들이 말끔히 잊히는 기분이었다.

얼마나 다른 귀족들에게 손가락질을 당할까. 고작 운으로 황제의 사위가 된 놈의 영지 하나 어떻게 하지 못해 빌빌대는 꼴이란.

어떻게든 승리를 따내야 한다. 과정이야 어찌 됐든 결국 최후의 승자가 웃고 역사를 쓰는 법이기에.

그렇게 후작은 지레짐작했다.

그리고 그 지레짐작은 결코 건방이 아니었다. 일반적인 영지전이었다면 그의 판단은 결코 틀리지 않았을 것이다.

하나 리치 영지는 일반적인 영지가 아니다. 오로지 수성을 위한 투자에 치중했지만 이런 상황 역시 생각하지 않았을 만큼 보좌관은 멍청하지 않다.

방법이야 여럿 있다. 하나 쓰지 않았다. 쓸 필요가 없기 때문.

며칠이 지나고 어느 날 밤. 그 이유가 슬그머니 그림자를 내보이기 시작했다.

마기가 깃든 게이트는 대륙 전역에 랜덤으로 나타난다. 심지어 성안에도 나타날 정도이니 얼마나 공정한 랜덤인지는 굳이 판별해 보지 않아도 될 정도.

하나 그런 랜덤임에도 편차는 존재했다.

시간이 지나고 표준값을 대충이나마 구할 정도의 게이트가 생기고 나서, 전 대륙에 게이트가 나타난 위치들을 모아보니 어느 정도 윤곽이 드러났다.

-어둡고 침침하고 마기가 깃들 만한 장소에 생긴다.

무슨 개소리냐 하겠지만 말 그대로다.

일단 인적이 드물어야 한다.

성안에 나타나긴 하지만 인간의 발길이 끊긴 뒷골목이나 지하 창고 같은 곳에 생긴다는 뜻.

당연히 인간이 들어가지 못하는 레벨의 사냥터일수록 자주 많이 생긴다. 그런 사냥터에서 생기는 게이트의 몬스터는 강력하고.

이를테면 움직이는 사냥터라 보면 된다.

인간들을 위한 새로운 사냥터.

당연히 적들의 눈에 띄지 않는 곳에 생기겠지.

그런 의미에서 리치 영지 주변은 정말 게이트가 생기기 최적의 장소들이다.

비록 많이 개척되긴 했지만 관광지로 쓴다고 몬스터들만 몰아냈을 뿐 자연을 훼손하진 않았고 몰아낸 몬스터들은 언제든 자신들의 영토를 찾기 위해 시시때때로 경계선을 넘기 일쑤였으니.

그뿐이랴. 조금만 깊숙이 들어가면 여전히 몬스터들이 바글거리는 영역이다. 거기서 더 들어가면 미지의 산맥이다.

넘어가면 미지의 땅. 4대 금지와 근접해 있는 리치 영지는 그야말로 마기가 깃든 게이트의 번식지.

자연스럽게 늘어나고 나오는 마계의 몬스터들은 이리저리

돌아다니며 사냥감을 찾는다. 몬스터도 그 대상에서 벗어날 순 없지만 1순위는 역시 인간이다.

인간의 수를 줄여 이어질 마계의 침공을 수월하게 만들어라!

냄새를 맡고 몰려간다. 그 몬스터들을 다른 몬스터들이 몰래 뒤따른다. 어떻게든 콩고물이 떨어질 게 없나 싶은 발걸음.

그런 몬스터들이 냄새를 맡았다. 맡지 못할 수가 없다. 수만의 인간이니까.

진을 치고 몬스터들의 영역 가까이에 붙어 있다. 일부는 그곳까지 침범해 태연하게 자리를 깔고 있다.

평소였으면 달려들 생각조차 하지 못했을 것이다.

무려 수만의 인간. 몬스터들도 뇌가 있으면 그만한 수의 인간에게 덤빌 생각을 하지 않는 게 정상.

하지만 이번엔 달랐다. 마계의 몬스터들은 본능적으로 움직이고 험난한 마계에서 살아남은 이들.

"크르렁!"

치고 빠질 때를 안다. 가장 약해 보이는 곳을 파고들어 물어뜯고 빠진다. 굳이 인간들과 죽자고 뒹굴 필요는 없다. 몬스터들이 가진 이점을 활용한다!

밤!

몬스터들이 가진 가장 큰 이점은 밤이다.

인간들은 잠을 잘 시간. 그 시간에 습격하면 피해 없이 치고 빠질 수 있다.

그런 식으로 인간들을 먹어치웠다.

자연스럽게 후작의 병력의 취침 시간이 낮으로 옮겨갈 수밖에 없었다.

후퇴?

영지전 중에 적에게도 아니고 고작 몬스터들 때문에 병력을 물린다?

차라리 깔끔하게 항복하는 편이 훨씬 덜 치욕스러우리라.

어찌 보면 자존심이다.

쓸데없는 자존심.

하나 이 세상은 귀족들의 그런 자존심으로 이어져 왔다. 차이가 있다면 리치 영지의 주인인 한시민과 그의 보좌관에겐 그런 돈도 안 되는 자존심 따위는 언제든 버릴 준비가 되어 있다는 것이겠지.

둥- 둥-

수면 시간에 울려 퍼지는 거친 파동음. 땅을 울리는 마력포의 진동에 병사들은 수면을 제대로 취하지 못했다. 그리고 밤에는 몬스터와의 사투.

안 그래도 밤낮이 바뀌면 힘든데 수면까지 불규칙하다.

사기는 점점 떨어지고 전투력마저 떨어졌다.

7

그렇게 기대에 부응해 보좌관이 리치 영지를 잘 지키고 있는 와중 한시민은 드디어 마지막 산을 오르고 있었다.

"15강. 갑니다."

마지막이다. 레벨 제한도 높고 등급도 스페셜이라 필요한 제물과 의식이 엄청났지만 그럼에도 결국 준비를 마치고 방송을 켰다.

지금 이 순간만큼은 영지 따위보다 더 중요한 펜던트의 귀속 여부다.

어차피 리치 영지에 투자된 그의 돈은 체감상 얼마 되지 않는 금액. 처음에만 조금 넣었지 나머지는 알아서 발전했다.

곧 있으면 현금으로 환산될 펜던트와 비교 대상 자체가 될 리가 없지.

"후."

깊은 심호흡과 함께 강화를 준비한다. 신성한 자세로 손을 씻고 모루를 내려놓고 펜던트를 올린다.

기도하고 또 기도한다.

펜던트를 사기 위해 눈독 들이던 사람들이 전부 보고 있다. 가격 또한 레전더리 등급의 검보다 높게 책정된 지 오래다.

15강을 정말 찍고 가격 경쟁을 붙이면 더 올라가겠지.

'이번에 팔면 차나 한 대 사야겠다.'

긍정적인 생각을 하며 망치를 들어 올린다.

지금이라도 그냥 14강인 채로 팔까 고민도 들었지만 이내 고개가 저어진다. 이왕 팔기로 한 거, 시민이라는 이름이 박힌 아이템을 파는 것이라면 최고의 아이템만 판매해야 한다.

최고 아이템. 더 이상 손을 볼 필요가 없는 아이템. 그것만 취급한다는 명품 이미지는 어디서도 돈 주고 구할 수 없는 것이니까.

탕!

그렇게 내려쳤다, 길고 긴 의식 끝에.

그리고 번쩍였다.

[강화에 성공했습니다.]

[전설의 업적! 스텟 포인트(32)를 획득했습니다.]

['시민' 님께서 '+15 피의 원한' 강화에 성공했습니다!]

오랜만에 ON으로 전 대륙에 알려지는 강화 소식.

이어지는 홀로그램들.

['+15 피의 원한'이 '+15 전염되는 피의 원한'으로 진화합니다.]

['+15 전염되는 피의 원한'에 특수 옵션이 추가됩니다.]

[레전더리 직업 '전설의 레전드 강화사'의 5차 각성을 완료했습니다.]

[강화할 수 있는 대상의 범위가 대폭 넓어집니다.]

침이 절로 삼켜진다.

오랜만에 뜨는 5차 각성 따위는 눈에 들어오지도 않는다. 어차피 대상의 범위가 넓어진다는 홀로그램 따위는 이미 3차 때부터 시도 때도 없이 뜨던 것. 다른 혜택이 없으면 무덤덤할 수밖에.

거기다 보지 않았으면 싶었던 홀로그램이 등장했다.

진화!

인상이 절로 찌푸려진다. 채팅 창에선 축하 인사와 가격 경쟁이 끊이지 않고 올라왔음에도.

제발.

간절히 기도한다. 조심스럽게 옵션을 확인했다.

[+15 전염되는 피의 원한]

* 등급: Epic Special

* 착용 레벨: 70

* 방어력: 100(+100)

* 특수 옵션 1: 흡수하는 피의 일부를 시전자의 보호막으로 전환

* 특수 옵션 2: 흡수하는 피의 일부를 시전자의 공격력으로 전환

* 특수 옵션 3: 흡수하는 피의 일부로 시전자의 체력 회복

* 마계의 피일 경우 효과 30%(+30%) 증가

* 옵션 1: '짙은 붉은 오라' 효과 적용

– 착용 레벨 15 감소

– 공격력 3% 증가

– 공격하는 대상의 출혈량 일정 확률로 증가

더해지는 두 개의 특수 옵션.

* 특수 옵션 4: 착용자와 파티를 맺은 대상에게 피의 원한 효과가 전염된다.

* 특수 옵션 5: 사무친 원한에 의해 착용자에게 귀속된다.

"……아."

좋은 소식과 나쁜 소식이 동시에 한시민을 반겼다. 하나 뒤의 것이 가장 먼저 눈에 들어올 수밖에 없다.

결국 나왔구나, 귀속.

좌절함과 동시에 머리는 빠르게 현실을 부정했다.

"잠깐."

순식간에 모루 위의 펜던트에게서 떨어진다. 그러곤 환한 미소를 띤다.

"아직 착용하지 않았잖아?"

말은 방송을 통해 전해졌다. 낙담하던 시청자들도 금세 활기를 되찾았다.

–장교불이야?

–와, 그래도 얼마야.

–오히려 값은 더 뛸 거 같은데? 귀속되는 순간 떨어뜨릴 염려는 없는 거잖아.

다른 게임이었다면 어림도 없을 반응이다.

착용하는 즉시 귀속되어 버리는 최고의 아이템. 이 얼마나 계륵 같은 존재란 말인가. 되팔 수도 없는 쓸모없는 보물.

접기라도 한다면 그야말로 쓰레기다. 차라리 계정을 팔아서라도 얼마를 챙길 수 있을지언정 판타스틱 월드는 그것도 안 된다.

하나 접을 생각이 없는 자들에겐 그야말로 완벽한 자물쇠가 걸린 보물!

세상에 또 다른 세상의 나를 접을 것이라 생각하고 살아가는 사람은 없다.

장사꾼의 얼굴로 어느덧 돌아온 한시민이 냉큼 펜던트를 쥐고 옵션을 띄운 채 외쳤다.

"자자, 경매까지 가지도 않겠습니다. 선제시요! 가장 높은 분께 팔겠습니다."

다른 사람의 가격을 짐작도 하지 못하는 판매 방식! 구매자들이 생각하는 것보다 훨씬 비싸게 팔아먹겠다는 수작!

그런 그의 욕심을 하늘이 벌이라도 준 것일까.

[귀속되었습니다.]

"……응?"

목에 가져다 대며 외형적인 모습으로써의 펜던트의 가치도 높다 설명하던 한시민에게 청천벽력 같은 홀로그램이 나타났다.

동시에 줄이 자동으로 풀어지더니 한시민의 목 뒤로 스며들어 채워졌다.

무슨 일인지 파악조차 하기도 전에 벌어진 사태였다.

"이런 미친, 시X. 돌았나."

욕이 절로 나왔다.

나올 수밖에 없었다. 누구라도 이 상황에선 욕을 가장 먼저 했으리라.

"이건 너무 말도 안 되는 주작이잖아, 이 개 같은 베타고 새끼야!"

방송 채팅에서도 잠시 상황 파악을 하다 이내 시청자들이 웃기 시작했다.

–주작 아님?

–주작 같은데.

–연기 오진다.

설마 그럴 리가 없다.

어차피 시청자 중 99.99%는 펜던트 구매가 아니라 강화하는 모습과 그게 얼마나 비싼 가격에 팔려 나가는지에 대한 과정을 감상하며 대리만족을 느끼기 위해 들어온 이들이기 때문에 큰 감정의 변화는 보이지 않았다.

다만 감탄하는 것이다.

이 타이밍에.

단순 유저들만의 토론으로 적어도 수십억의 가치를 가질 것이라고 평가받는 아이템을 방송 재미를 위해 귀속되었다는 연기를 하다니!

—역시. 믿고 본다.

—이번 건 10만 원이 아깝지 않았다. 마지막에 이런 반전이 있을 줄이야.

—이제 풀고 경매하자.

너무나도 맛깔나고 현실감 넘치는 연기였다.

한바탕 실컷 웃은 시청자들이 계속해서 펄쩍 뛰고 있는 한시민을 다독이기 시작했다.

다음 컨텐츠로 넘어가자.

이런 식으로 진행하는 것도 나쁘진 않지만 결국 가장 재미있는 모습은 세상 부자들의 피 튀기는 배팅이 아니겠는가.

현실은커녕 부르마블에서도 내지르기 힘든 금액을 볼 수 있다!

짜릿함을 기대하는 시청자들은 아쉽게도 원하는 바를 이룰 수 없었다.

"와, 미쳤다. 진짜."

한시민은 그 어느 때보다 세상 진지했기에.

그렇게 시간이 흐르고 사람들은 하나둘 지금 무슨 일이 일어난 것인지에 대해 인지하기 시작했다.

연출이 아니다. 정말 귀속된 것이다.

어떠한 증거도 보이지 않았지만 한시민의 반응으로 충분히 유추할 수 있다.

한 푼이라도 더 벌기 위해 수만 명의 시청자를 버리고 유료 방송으로 전환한 한시민이, 이러다간 구매력 있는 자들이 질려 나갈지도 모르는 상황에서, 정신머리가 없지 않은 이상 이렇게 길게 끌 리가 없다.

—진짜가 봐.

—뭐지?

—그냥 목에만 가져다 대지 않았음?

—저절로 착용되는 거 같던데.

뒤숭숭한 분위기에 링크가 하나 올라왔다. 당연히 열어보는 사람은 별로 없었다.

판타스틱 월드 자체 검열로 링크의 위험성은 없지만 지금 상황에서 굳이 이런 명장면을 두고 다른 화면을 볼 필요가 없으니까.

하나 링크는 꾸준히 올라왔고 뭔지 궁금한 몇 명이 시청한 뒤, 링크가 하나둘 채팅창을 점령하기 시작했다.

링크는 하나의 동영상으로 이어져 있었다. 구독자 수도 많지 않고 그리 유명하지도 않은, 하나 그렇다고 아예 인지도가 없는 건 또 아닌 그냥 취미로 판타스틱 월드를 하는 사람. 동영상 페이지를 운영하는 사람.

딱 거기까지였다. 대충 페이지를 1시간만 훑어도 이런 사람은 수천 명도 더 발견할 정도로 흔하디흔한 페이지.

그런 페이지에서 가장 최근에 올라온 동영상이 화제를 끌었다.

사실 동영상 역시 그리 화제가 될 만한 것은 아니었다. 이전의 동영상들도 대개 비슷한 것들이었기에.

판타스틱 월드 일상에 도움이 될 만한 유용한 팁들.

역시 찾아보면 수만, 수십만 개가 나올 것이다.

한시민이 이런 상황에 처하지 않았다면 이 동영상 역시 그 속에 묻혔겠지.

하나 동영상은 재생되자 자신만의 특색을 드러냈다.

동영상 속의 평범한 남자는 깔끔하고 단정한 투의 목소리로 자신만의 개성으로 오프닝을 열었다.

—네, 오늘은 요즘 판월 커뮤니티를 뜨겁게 달구고 있죠?

마기가 깃든 아이템들에 대해 실험해 봤습니다. 마기가 깃든 노말 상자라고도 많이 불리는 이 상자. 다들 얼마 안 됐지만 익숙하시죠? 월급을 털어 사시는 분도 계시고 적금을 털어 수백 개 사시는 분도 봤는데요. 상자에 대해 아쉽게도 아직까진 어떤 원리가 적용되는지에 대해 알아낸 바가 없어 오늘은 건너뛰고 안의 내용물에 대해 말씀드려 볼까 합니다.

이어지는 본론.

—몇 가지 상자를 개봉해 운이 좋아 레어 아이템을 구하게 되었습니다. 일반적인 레어 아이템보다 옵션도 좋고 무엇보다 장신구라 마음에 들었었는데요. 팔찌인데 손목에 들어가지 않는 사이즈라 당황하고 있던 차, 이런저런 실험을 하다 놀라운 결과를 발견하게 되었습니다.

말과 함께 동영상 속 남자는 여자 손목에도 들어가지 않을 좁은 팔찌를 그대로 손목에 가져다 댔다.

—자, 이러고 착용하겠다는 생각만 하면.

찰칵.

저절로 열리는 팔찌. 그리고 남자의 손목에 딱 맞게 자동으로 조절된다.

—어떤가요? 이게 바로 오늘 소개해 드릴 판타스틱 월드 꿀팁! 마기가 깃든 아이템의 효용입니다. 아직 어떤 조건으로 이런 옵션이 적용되는지는 좀 더 많은 표본을 통해 확인해 봐야 알겠지만 이런 식의 아이템이라면 정말 편하게 착용하고 방어구 같은 경우에도 전투 중에 스왑할 수 있는 등 여러 가지 전략을 세울 수 있을 것 같습니다.

신기한 기능이긴 하다.

또 동영상은 하나의 확신을 심어줬다.

한시민의 반응은 결코 연출이 아니구나.

—설명하면서 착용한다고 생각한 건가?

—그런데 게임 시스템 주제에 사람 마음도 읽음?

—그럴 리가 있겠냐. 그냥 몇 초 이상 가져다 대면 임의로 착용 의사가 있다고 판단하는 거겠지.

—결론은 하나네.

—방송 끝.

수십억, 혹은 백억 대가 넘어갈지도 모른다는 전문가들의 평가까지 나온 아이템의 경매는 그렇게 끝이 났다.

시작도 전에, 한시민의 목에 걸린 채.

9

스페셜리스트는 잠시 사냥을 멈춘 채 리치 영지 내부 호텔 스위트 룸에서 휴식을 취하는 중이었다. 전쟁을 생중계하며 혹여 전할 말이 있으면 전달하기 위함.

하나 영지전이 시작되고 보이는 모습은 굳이 스페셜리스트가 개입하지 않아도 될 만한 압도적인 전개.

밤낮으로 잠도 못 자고 괴롭힘당하는 후작의 사병들을 보면 불쌍하단 생각마저 들 정도다. 성문을 열고 들어와서 잠시 휴식이나 취하고 가라고 권해도 될 정도.

전쟁은 거의 끝났다. 당연히 휴양이나 하며 한시민의 방송을 봤다.

"……."

"……."

실질적인 구매 의사를 갖고 자금을 확보하던 셋이 할 말을 잃었다. 목에 걸린 목걸이를 보며 허탈하게 웃는 한시민만큼 세상을 전부 잃은 기분일 리 없지만 그래도 허무했다.

"꼭 개목걸이 같네."

"개가 지 개목걸이 팔려고 하니까 화나서 개 목에 말뚝 박은 거 같다."

뭐 어쩌겠나.

아쉬운 건 아쉬운 거다. 워낙 좋은 아이템이고 온 세상에 알려진 만큼 스페셜리스트가 경매에 참여했을 시 입찰받을 수 있으리란 보장도 없었고.

부자는 많다. 재벌 2세보다 훨씬 더 많은 돈을 쓸 수 있는 사람도 당연히 많다. 쓸데없는 미련은 갖지 않는 게 좋다.

"그나저나 이쯤 되면 시민 오빠 정체성이 의심되는 수준 아냐? 본업은 강화사인데 테이머 같기도 하고. 저거까지 끼면 사실상 버퍼 같기도 하고."

"……버프가 몇 개냐."

"내가 아는 것만으로 경험치 버프에 드랍률에 수달에 저 펜던트까지……."

"드래곤 마법까지 적용되면 진짜 버퍼네."

"드래곤 테이밍한 거면 테이머가 주지."

"에이, 그래도 버프만 한 게 없잖아."

"시민 씨는 강화사야."

그렇게 셋이서 쓸데없는 것으로 미련을 떨치며 대화의 꽃을 펼쳤다.

누구보다 한시민을 잘 아는 셋이기에 가능한 이야기.

커뮤니티, 아니, 길 가던 유저에게 이런 플레이를 펼치는 유저에 대해 말한다면 무슨 개소리냐며 욕을 먹을지도 모른다.

당장 셋만 해도 밥은 먹고 게임 하는 것인지에 대한 논쟁이 많지 않은가.

하늘 위의 하늘.

하늘에 도달한 자만이 볼 수 있는 괴물.

그렇게 떠들다 문득 깨달았다.

"그런데 시민 오빠는 괜찮나? 수십억이 날아간 건데."

"……."

"……괜찮지 않을까? 어차피 돈 많잖아."

돈이 많은 것과 들어올 돈이 증발하는 건 느낌이 다르다.

계획한 소비도 있을 것이고 들뜬 기분은 또 어찌한단 말인가.

"피바람이 불겠네."

"그러게."

"예슬아, 밖에 사람들 얼른 돌아가라 그래."

"재밌겠다."

셋은 눈치를 보다 침대에 누웠다.

어떻게든 되겠지.

후작은 결국 후퇴를 마음먹었다. 분하고 쪽팔리고 정말 고개도 들지 못할 만큼 부끄럽지만. 그래도 사람이란 게 결국 죽기 직전이 되면 살고 싶어지는 법이다.

자존심?

살아야 챙기지.

무엇보다 떳떳하고 명예로운 죽음도 아니다. 적의 성벽 하나 뚫지 못해 밖에서 전전긍긍 기다리기만 하다 몬스터들에 의해 수면을 방해받고 홀로 자멸하는 죽음.

굳이 비교하자면 후퇴하는 것보다 치욕스럽다.

그리 판단이 될 만큼 힘들었다.

그렇기에 가능했다. 짐을 싸고 혹시 뒤치기가 나오지 않을까 눈치를 보며 돌아간다. 일단 돌아가고 나중을 기약한다.

인정할 건 해야 한다. 저 성벽만큼은 정말 누구도 뚫기 힘들다. 굳이 힘든 짐을 자신 혼자 감당할 필요는 없지 않은가.

쳐들어오면 그때 승리를 챙긴다. 만약 오지 않는다면 어영부영 영지전을 마치고 다른 놈에게 이 지옥 같은 상황을 패스하리라.

하나 후작은 뜻을 이루지 못했다. 짐을 다 챙기고 돌아가려는 순간 성문이 열리고 병사들이 쏟아져 나온다.

"에엥?"

후작군 입장에선 이게 무슨 상황인지를 파악해야 할 만큼 당황스러운 상황.

뭐지?

지금껏 단 한 번도 리치 영지는 성문을 연 적이 없다. 수면을 방해할 때도 마력포로 깔짝거리기만 했을 뿐 일말의 희망조차 주지 않기 위해 노력에 노력을 더했다.

한데 왜 이제 와서?

그것도 낮에.

분명 후작군의 사기는 바닥을 치고 지치고 힘든 건 사실이다. 하지만 그렇다고 원래부터 유지되던 수적 우위가 사라지는 건 아니다. 많은 피해를 입었지만 그만큼의 병력이 여전히 건재하다. 마지막 힘을 짜내 맞붙으면 이기는 건 당연히 후작군이다.

순간 머리가 빠르게 회전했다. 잠시 후퇴를 멈추고 상황을 지켜봤다.

겁을 주겠다는 건가.

하지만 그렇다기엔 리치 영지군은 너무 멀리까지 마중 나왔다.

물론 한쪽의 성문만 열고 모든 병력을 집중시켜 만만치 않았지만 후작군 역시 한곳에 모이면 그만이다. 리치 영지군이 등을 돌려 도망친다 해도 꽁무니를 충분히 잡을 수 있다는 판단이 설 만큼의 거리가 좁혀졌을 때.

"전원 진격하라!"

"와아아!"

후작이 미끼를 물었다. 힘들어 당장에라도 포기하고 집에 가고 싶다는 생각을 하던 후작군이 눈에 불을 켠 채 무기를 들고 돌격했다.

첫 전투!

이게 전쟁인지 고문인지 헷갈릴 지난날들에 눈물이 절로 나온다.

꼭 이기고 가족의 품으로 돌아가리라!

그렇게 달려가던 후작군의 후방에서 일이 일어났다.

"가라, 3분 무적 토끼들!"

"뀨뀨뀨!"

강화사인지 테이머인지 버퍼인지 모를 전설의 시작이. 아니, 강화사이자 테이머이자 버퍼이자 전설의 거지의 업적이.

to be continued

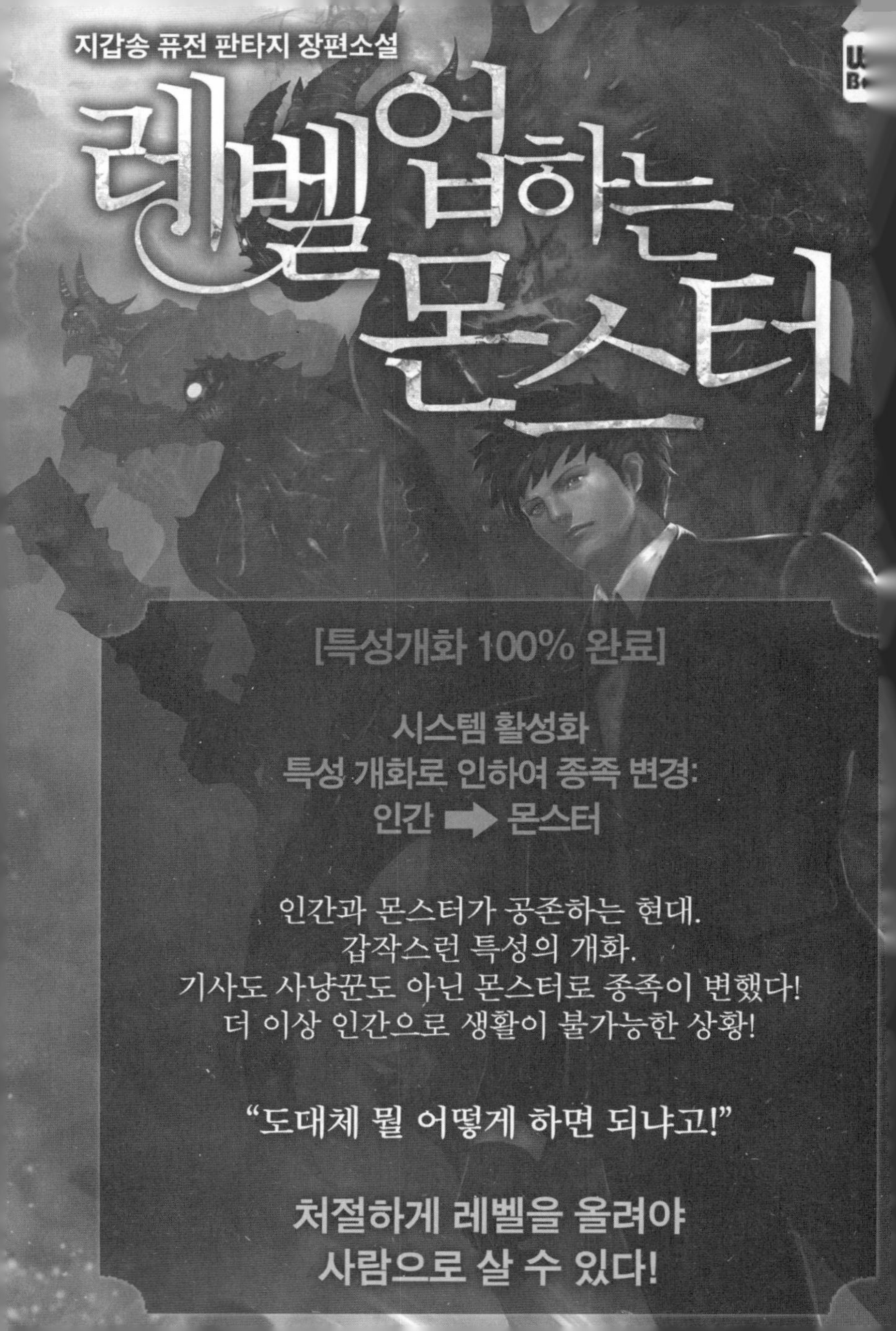

지갑송 퓨전 판타지 장편소설
레벨업하는 몬스터
[특성개화 100% 완료]
시스템 활성화
특성 개화로 인하여 종족 변경:
인간 ➡ 몬스터
인간과 몬스터가 공존하는 현대.
갑작스런 특성의 개화.
기사도 사냥꾼도 아닌 몬스터로 종족이 변했다!
더 이상 인간으로 생활이 불가능한 상황!
"도대체 뭘 어떻게 하면 되냐고!"
처절하게 레벨을 올려야
사람으로 살 수 있다!

Wish Books
SUPER ACE
슈퍼에이스
예성 장편소설
야구 선수의 프로 계약금이 내 꿈을 정했다.
"왜 야구가 하고 싶니?"
"돈을 벌고 싶어요!
집을 살 수 있을 만큼!"
시작은 돈을 벌기 위해서였다.
하지만 이제는 꿈의 그라운드를 위해서
메이저리그 명예의 전당을 노린다!

뜨겁게 던져라

세상S 장편소설

프로야구 역사상 최악의 먹튀 강동원.
은퇴 후 마지막 기회가 주어진다.

그러나.
트라이아웃에 참가하기 위해
서울로 향하던 강동원은
불의의 사고를 당하고 마는데…….

눈을 떠보니 2015년 봉황기 준결승전?

꼬인 실타래를 바로잡고 오랜 꿈이던 메이저리그로!

'제2의 최동원이라고? 노노!
난 메이저리그 에이스 강동원이야!'